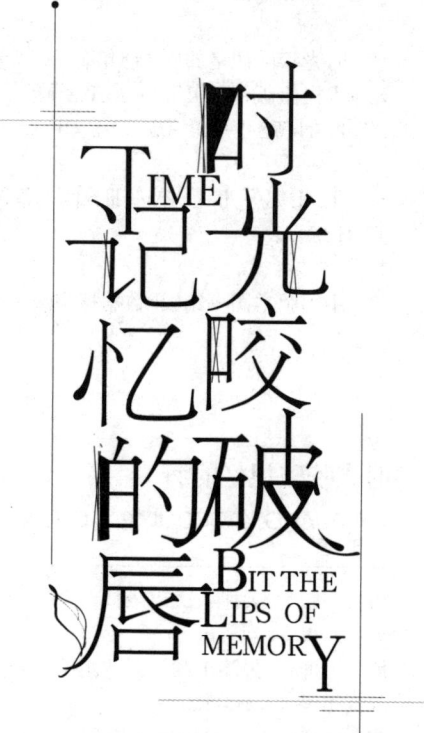

时光咬破记忆的唇

TIME

BIT THE
LIPS OF
MEMORY

天津出版传媒集团

天津人民出版社

◉ 锦年／著

图书在版编目（ＣＩＰ）数据

时光咬破记忆的唇 / 锦年著. —— 天津：
天津人民出版社, 2015.3（2020.3重印）
ISBN 978-7-201-09167-9-01

Ⅰ.①你… Ⅱ.①希… Ⅲ.①长篇小说 – 中国 – 当代
Ⅳ.①I247.5

中国版本图书馆CIP数据核字(2015)第031087号

时光咬破记忆的唇

SHIGUANG YAOPO JIYI DE CHUN

锦年 著

出　　版	天津人民出版社
出版人	刘　庆
地　　址	天津市和平区西康路35号康岳大厦
邮政编码	300051
邮购电话	（022）23332469
网　　址	http：//www.tjrmcbs.com
电子信箱	reader@tjrmcbs.com
责任编辑	玮丽斯
装帧设计	齐晓婷
制版印刷	三河市华东印刷有限公司印刷
经　　销	新华书店
开　　本	660毫米×960毫米　1/16
印　　张	16
字　　数	164千字
版权印次	2015年3月第1版　2020年3月第2次印刷
定　　价	42.80元

目录

c o n t e n t s

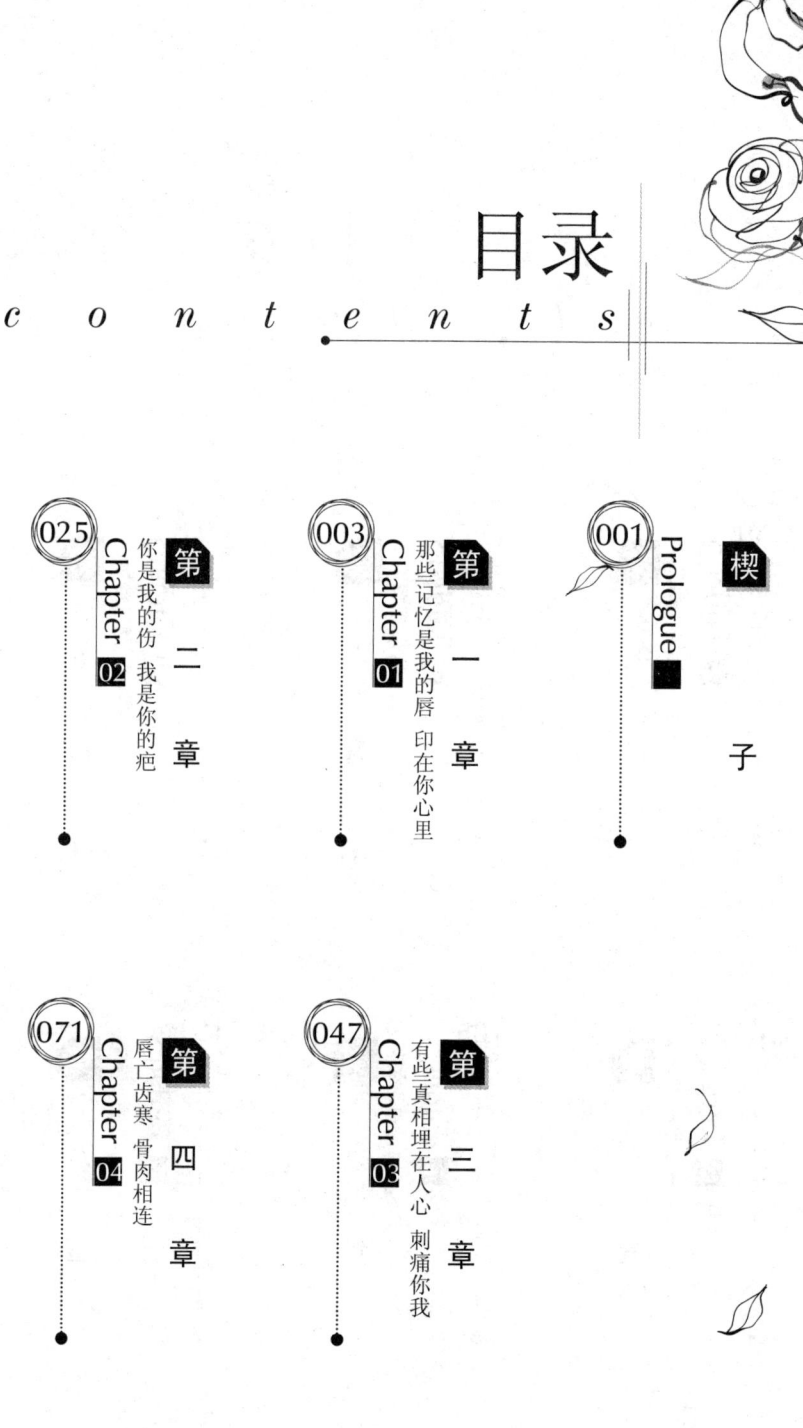

目录

c o n t e n t s

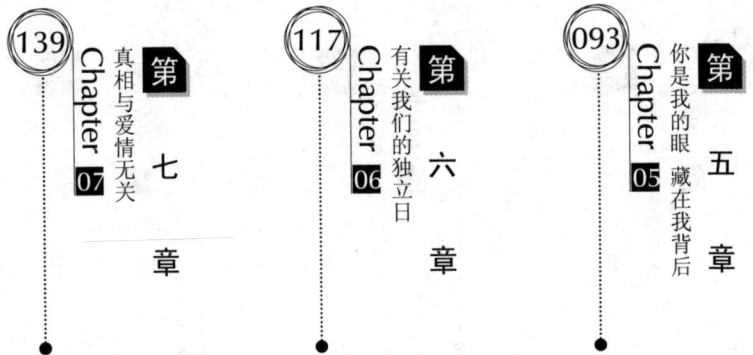

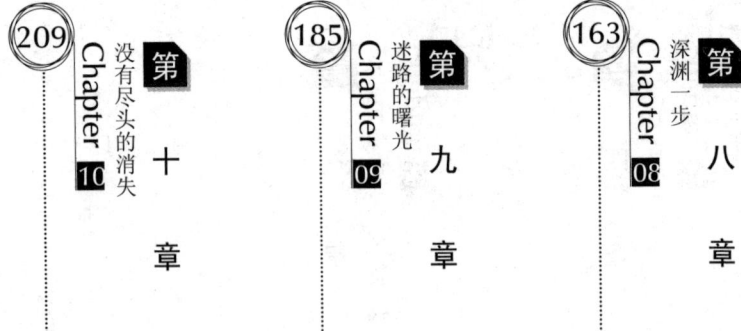

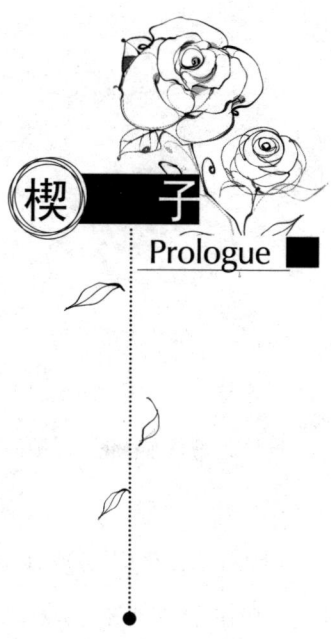

楔　子

Prologue

韩国，首尔。

我不记得那天是怎么过去的，冰冷的雨水打在我身上，父母的哭声在我的耳边回响。妈妈抱着我，浮肿的脸上带着悲惨的神情，她不断喊着"麦音"两个字。

我怔怔地看着那块冰冷的墓碑，上面印着我的名字，底下却埋葬着我姐姐的尸体。所有人都以为死的是麦音，也就是我。

"为什么……为什么麦音会离开？她的病明明已经治好了！"妈妈的声音断断续续，像断裂的音符一样在我的耳边徘徊。

我抿了抿嘴，手不自觉地伸向了脖颈上的福袋。小小的福袋仿佛重了一些，压着我的胸口喘不过来气，我的姐姐用最极端的方式向我娓娓道来一段不堪回首的故事。

那个故事里有个帅气的男生，他叫成思隼。

第一章

Chapter 01

那 些 记 忆 是 我 的 唇 ， 印 在 你 心 里

01【有关麦音】

九月天气闷热，像制作不精良的电视剧一样无聊，我握紧拳头，眯着眼看着不远处与其他新生谈笑的男生。他穿着时下最流行的棒球衫，长筒牛仔裤衬得他身材颀长，板寸短发，明亮的眼睛，比照片上更好看。

我深吸一口气，快步走到那个男生面前，脚踩在塑胶操场上，发出"嚓嚓"声。

我一米六，男生一米八，当他看到我时，我已经离他很近了。我努力扯了扯嘴角，露出一个难看的笑容，细碎的阳光洒在他的脸上，照出他错愕的神情。

"麦……柒？"他的声音有些颤抖，忍不住后退了一步。

"嗯，好久不见。"我睁大眼睛，欣赏着他吃惊的样子，"看到老同学很吃惊吗，成思隼？"

成思隼定了定神，逐渐平静下来，他的眼神有些复杂，低着头说道："很吃惊……我以为你不会再跟我说话了。"

如果是真正的麦柒，当然不会和他说半句话，可我不是麦柒，但我比麦柒更恨他。

"怎么会不跟你说话呢？"我笑了笑，看到他放松吐气的那一刻，我扬起了手臂，狠狠地打向他的脸。

"啪"的一声，清脆无比。

"我会一直和你说话，一直缠着你。"我的声音放低了不少，"见死不救的小人，我会让所有人都知道你的真面目。"

成思隼的眉头蹙了一下，随即展开，眼里透着一丝歉意，说道："麦柴，我……"

"打住！"我冷冷地打断他的话，"不用向我道歉，我是来报仇的。"他欠我的是一条人命。

这一刻，成思隼沉默了。

我吸了口气，从他身旁走过，像一个骄傲的女王，全然不顾身后窃窃私语看热闹的人。

我并不知道，沉默许久的成思隼对着我的背影说了一句"对不起"，声音又小又轻，就像他本人一样，懦弱得不像话。

开学当天的下午，我迫不及待地给苏媛打了个电话。苏媛是我和姐姐之间的纽带，她曾是姐姐唯一的好友，而现在是我唯一的好友。

"喂，我到宿舍了。"我靠在窗边，整个宿舍不足十平方米，是个小单间。

电话那头传来一阵羡慕的惊叹声："住宿还能住单间，人品怎么这么好？"苏媛的声音偏中低，十分耐听。

"我爸花了不少钱。"我如实的回答让苏媛沉默了一阵，自从姐姐死后，爸爸和妈妈就把我当作唯一的精神寄托，只要是我想要的，他们不管花多少钱都会给我。

"叔叔阿姨也不容易。"苏媛叹了一口气，问道，"你见到成思隼了吗？"

"见到了。"我靠在窗台上漫不经心地回答，"比我想象的还要恶心。"

"呵！"苏媛发出了意味不明的冷笑声，她吸了吸气，说道，"好了，不跟你说了，我们要熄灯了。"

"晚安。"

"晚安。"

挂了电话后，我无力地趴在窗沿上，窗户边爬着零散的蚂蚁，每一只都是漆黑的。

我一直认为蚂蚁是世界上最奇怪的生物，它们可以举起比自己重一百倍的物体，也可以很轻易被弄死，既强大又脆弱。

在我心里，姐姐就像是蚂蚁，她总是用最轻柔的声音给我讲述这个世界的美，也会用最极端的方式阐述这个世界的恶。

那天晚上，我睡得很早，躺在硬板床上，迷迷糊糊间梦见了姐姐，她小心翼翼地讨好着许多人，比如爸爸、妈妈、奶奶……还包括我。

那一天，我第一次离家，却意外地睡得很香。

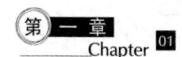

　　我自认为不是个张扬的人，但因为在开学那天打了成思隼一巴掌，我闻名整个英语学院了。开学第一个星期的主课上，年轻的外语教授让我们作自我介绍。轮到我的时候，教授对我比画了一个"暂停"的手势，用蹩脚的中文对我说："我知道你，你开学那一巴掌很暴力。"

　　我眯了眯眼睛，眼神有些空洞。我没有否认，只是直勾勾地看着他，大概是被我看得心里发毛了，外语教授用一个很难看的笑容掩饰自己的尴尬，说道："希望我们可以好好交流，太过暴力可找不到男朋友。"

　　我点点头，然后坐下，接下来是成思隼进行自我介绍。我感觉到身旁的成思隼站起来时看了我一眼，他的声音低沉而带有磁性："我叫成思隼，就是暴力事件中的男一号。"

　　他说话时冲外语教授露出了一个无奈的笑容。

　　"你的发音很有意思。"外语教授笑着说道，"方便和我们说说你对那位同学做了什么吗？她居然会打你一巴掌。"

　　可能是教授是外国人的缘故，说话时一点儿架子也没有，显得很随意，他的问话让成思隼的脸色稍稍变了。

　　随后，成思隼把食指放在唇瓣上，说道："不行，这是秘密。"

　　外语教授耸了耸肩，示意他可以坐下了。后面的同学一个接着一个起身自我介绍，每个人的说法都差不多，在千篇一律的自我介绍下，我有些昏昏欲睡。

　　第一堂课的下课铃声响起时，我一个激灵被吓醒，这才发现身上披着一件男士外套。我皱了皱眉头，成思隼的声音从旁边传来："我看你睡着了，怕你冷，给你盖了我的外套。"

"这是你的外套？"成思隼不知道，我在问这句话时，胃里泛酸，一阵抽搐，仿佛盖在身上的不是什么外套，而是一件垃圾。

成思隼点点头，脸上堆着讨好的笑容。

我冷冷地扯下了他的外套，此时教室的人不算多，很多人都去了下一堂课的教室。

"这件外套……"我当着他的面，缓缓地将外套扔在地上，"真恶心！"

最后三个字落在成思隼的耳边，荡起了一圈又一圈的涟漪。

我吐了口气，收拾了一下课本，起身时，成思隼叫住了我："麦柒！"

我微微侧身，挑衅地看着他。

"你……你以前不是这样的。"他鼓足了勇气才说出这句话。

你以前不是这样的——真是一句让人觉得好笑的话，就是因为姐姐不是这样的人，所以她才会遭到那样的待遇，而我是麦音，绝不会重蹈覆辙。

"因为你，我变了。"我的声音颇冷，我转过身走到他面前，"成思隼，你知道自从发生那件事后，我有多想见你吗？"

我每走一步，他就向后退一步。

"你的胆小、懦弱、见死不救……"我把他逼到了角落才停下脚步，"造就了现在这样的我，这个世界上只有你没资格埋怨我的改变。"

这一刻的成思隼眼里透出浓烈的悲伤，他像个邻家男孩一样咬着下唇不吱声，趁我转身时抓住了我的手臂，低声说道："麦柴，对不起。"

"不是每一句'对不起'都能得到一句'没关系'。"我斜睨着他，"这句抱歉说得太晚了。"

是的，太晚了……真正的麦柴已经听不到了。

02【有关麦音】

由于刚上大一，课程也不算太难，闲下来的时候，同学们总会参加各种聚会，尤其是成思隼。我常听其他人谈及有关他的事情，最多的就是聚会，几乎只要一有聚会，他就会参加。

平心而论，成思隼除了长得好看之外，待人也挺热情。我记得开学没几天，宿管部接到学校的通知重新分配了宿舍。搬宿舍那天，我拖着行李箱站在宿舍楼下，满满当当的两个行李箱实在很重，我一个人无法抬上去。那时与我站在一起的有一排女生，她们每个人身旁都摆着一个大行李箱。

我看了看来回走动的男生，他们每个人都用余光看了看我们这里，却没有一个人肯过来帮忙。

就在我等得不耐烦时，成思隼走了过来，开始他没看到我，主动对距离我最远的一个女生说道："我帮你抬上去吧！"

女生闻声愣了愣，当目光落在他的脸上时，忽然脸红了，女生点点头说了一声"谢谢"。

成思隼下来后继续帮忙搬行李，并且对路过的男生招呼道："同学，能过来帮忙一起搬行李吗？"

被叫到的男生没有一个拒绝的，都点点头过来帮忙。成思隼发现我时，愣了几秒，挠了挠头对我说："我帮你搬吧！"

我哼了一声，说道："不用，我讨厌别人碰我的东西，尤其是你。"

说完，我就提着其中一个行李箱离开，他站在另一个行李箱前，像一只金毛犬一样，不敢离开，生怕箱子会被别人拿走。

我执拗地搬走了一个行李箱，然后跑下来搬另一个，拒绝任何人的帮助。

也是那次，他搬着行李箱的背影留在了很多人的脑海里，我曾听女生调侃，说他那时的背影就是一道风景线，让人移不开视线。对于这种评论，我觉得有些可笑，我看了看窗外，透过玻璃，我能看到成思隼和其他男生踢足球的身影。其实"外套"事件后好几天，他都没有主动和我说过一句话，他就像怕触霉头一样，每天尽量离我远远的。

我伸了个懒腰，戴上耳机。就在这时，我看到穿着足球衫的成思隼气喘吁吁地跑来，他跑到我身旁，脸上还带着剧烈运动后流下的汗水。他二话不说就摘下我的耳机，我一时忘了说话。

他拿着我的耳机，焦急地问道："麦柒，你是不是在食堂把早餐倒在了唐莱学姐身上？"

我蹙起眉头，抢过他手上的耳机，问道："是又怎么样？"

成思隼的眼眸暗了暗，眼底闪过一丝担忧，他尽量斟酌用词，说道："我听学姐到处和人说要对付你，我有点儿担心。"

听到他说担心，我差点儿笑出来。

成思隼不知道，今天早上我买早餐的时候，被那个自称是纪律部部长名叫唐莱的学姐攻击。她抽着烟，痞里痞气地说自己是成思隼的好朋友，要替他还我被我打的那一巴掌。

我瞥了唐莱一眼，拿着早餐就准备离开。然而我还没来得及走一步，她就将我拦下，一连串脏话就像蹦豆子一样从她嘴里吐出来，下一秒，我的早餐把她变成了落汤鸡。

结果，我因为他而惹了陌生人。

我连理都没理他，准备戴上耳机，说道："成思隼，我不需要你担心，哪怕只是口头上的担心也不需要。"

"麦柒！"他抓住我的手，低吼道，"我知道你讨厌我，不需要我的关心，但是……"

我用力抽回手，抬起头看着他，说道："我不想重复，我不需要。"

"麦柒，我会和学姐谈谈的。"他握紧拳头，说完转身离开了。

"等等！"我叫住他，冷冷地问道，"你这么做是为了什么？减轻罪恶感吗？"

我看到他的身体僵了一下，他摇摇头说道："不是，我只是想这么做。"说完，他走出了教室。

后来我在论坛上看到了有关我的帖子，具体内容记不得了，只知道我看了一半就关了页面。内容很无聊，无非就是说我目无中人、嚣张跋扈、当众对学姐不礼貌。

我为人处世一直都很极端，所以很容易惹到别人。苏媛就是这么评价我的，我习惯晚上给苏媛打电话，狭小的宿舍里十分安静，能清楚地听到我讲电话的声音。

"我就知道你会被别人针对，抽个空和那个学姐赔个不是吧！"电话那头的苏媛叹着气，不放心地说道。

"我没做错。"我很干脆地反对了苏媛的提议。

"可是你这样，我很担心。"

"没事的，我挂了，累了。"我不等苏媛回话就挂了电话，苏媛有一点不好，特别啰唆，就像唐僧一样。

我呈"大"字躺在床上，宿舍一般会在十一点熄灯。可我不喜欢房间里很亮，所以我平日不怎么开灯，包括洗脸刷牙的时候，我想我是我们女生宿舍里最省电的人了。

也是那时，我小小的单人宿舍里来了一群特殊的客人，领队的是唐莱。她一进门就打开了灯，灯光有些刺眼。

"我们是来检查的。"唐莱双手抱胸，散发着不友好的气息。

我抬起头懒懒地看了她们一眼，继续闭眼休息。

"起来！"没想到唐莱走过来狠狠地踹了一下我的小腿，不算精致的五官变得扭曲起来。

我起身看着她。

"怎么？有本事你就告诉老师啊！"她靠近一步，揪住我的衣领，仗着人多，说道，"告诉你，我最讨厌你这种目中无人的学妹了，小学妹就要有小学妹的样子！"

她的话让我想起了麦柒，麦柒曾说过她的幸福校园生活，没有暴力、没有欺凌。

看到我失神，唐莱十分不满地揪紧我的衣领，力道大了不少，我咳了好几下才缓过气来。

"松手！"我不是麦柒，若麦柒遇到这种事，以她的好脾气，一定会听唐莱的话，但我不一样，从小到大，我就是比较任性的那个。

"哎哟，还俏起来了！"唐莱笑得花枝乱颤，拍着我的脸说道，"喂，听说你家很有钱，花了不少钱才得到这个单间的吧。"

"我家有没有钱和你一点儿关系都没有。"我的回答换来了结结实实的一巴掌，此时我想起了成思隼。

当初我打他时，他的脸也像现在这样火辣辣的疼吧。

我甩开唐莱的手，直接抬腿踹在了她的小腿上。苏媛怕我在新学校受欺负，特意在开学前带我去道馆学了一个月的散打，没想到会在这个时候用上。

"你居然打人！"被我踹了一脚的唐莱立刻炸毛了，伸手就想打我。

我紧紧地抓住她的手腕，与她对视，说道："你们这么多人打我一个，就算宿管老师来了，受处分的也是你们吧，学姐！"

唐莱顿时语塞，咬了咬下唇，抽回自己的手，扭头对其他人说道："我们走！"

这群人来时气势汹汹，走时狼狈不堪。

我原以为事情不会就这么完了，毕竟通过这几次的接触来看，唐莱是个

睚眦必报的人，可是接下来的日子意外的风平浪静。

每天上课、下课、吃饭，一直都是我一个人，我习惯了孤独，也享受孤独。就在我快遗忘那个小插曲时，我才知道唐莱没找我麻烦是有特殊理由的，这个理由就是成思隼。

我在食堂找到了成思隼，他和我不同，不管做什么，身旁都有一群人，有男有女，数目往往三到十个不等。他们围着成思隼，总是一副其乐融融的样子。

但我知道这一切都只是表象，因为我不止一次听到那些女生在背地里咒骂其他围在成思隼身边的女生。

我在成思隼面前止步，居高临下地看着他，完全忽视他身边的人。

"我有话对你说。"我的语气很平静，却带着不容商量的意味。

成思隼已经习惯了我的冷漠，突然看到我主动找他搭话，愣了好几秒，才略显欣喜地点点头，说道："走，我们去外面说吧！"

我傲慢地抬起头，在其他女生嫉恨的目光中率先离开，我和成思隼一前一后地走在校园的小道上。

"就在这里说吧！"我转过头看着他，一字一顿地说道，"我听说唐莱不再继续找我麻烦是因为你。"

成思隼挠了挠头，阳光给他镀上了一层光晕。

"麦柒，我知道我欠你很多，我只想弥补我曾做过的错事。"他诚恳地说道，目光灼灼地看着我。

我摸了摸齐肩的长发，等到他说完，才接话道："你为了弥补，于是替

我向唐莱道歉，安抚她的情绪？"

他点点头，有些不好意思地说道："抱歉，没有提前和你打招呼。"大概是因为愧疚，他说话的时候总是偷偷打量我，若我露出一丝厌烦的情绪，他就会立刻闭嘴。不得不说，成思隼是个很会察言观色的人。

我摆摆手，看着他，说道："你不用向我道歉，我压根不会接受。"

他怔了怔，有些不理解我的话。

"这么说吧！不管你帮我多大的忙，我都不会原谅你。"为了让他明白我的意思，我换了一种更简单的说法，"我对你只有恨。"

我对你只有恨。

仅仅一句话，就让成思隼不可遏制地颤抖起来。他身上的白衬衫就像飘动的旗帜，发出轻微的簌簌声。

"成思隼，我一直都认为你是个很自私的人。"见他不说话，我便自顾自地说道，"你帮我，无非就是为了减轻罪恶感，这只是你一厢情愿罢了。"

"不，我没有……"

"闭嘴！"我的指甲掐入掌心里，"在我眼里，你就是这样的。"

成思隼定了定神，说道："你把我叫出来，就是想告诉我，我所做的一切都是多管闲事？"

"可以这么理解。"

成思隼深吸了一口气，说道："我知道了。"没有预想中的讨好，成思隼的冷静出乎我的意料。

那些记忆是我的唇 印在你心里

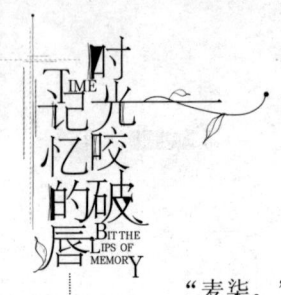

"麦柒。"他轻声唤着姐姐的名字，对我说，"你真的变了。"这句话不带一丝情绪，冷静得判若两人。

我没有回答他的话。

"自始至终，我对你没有一丝恶意。"他低下头看着脚尖，凌乱的刘海遮盖了他的脸，让我看不到他的表情。

"那又如何？"

他的懦弱是天生的，扎根在心里就无法挣脱了。

"没有如何，只是想告诉你而已。"他故作轻松地吐了一口气，转过身说道，"如果没事，我就先走了。"

这是我第一次如此认真地看这个男生的背影，宛如沙漠里的白杨树，承载着许多道不明的情绪。

之后的一段时间里，我很少和成思隼"对战"，他看到我通常都绕道而行，而我也不会纠缠不放，再次起冲突是在同系的聚会上。

对于成思隼和姐姐的故事，我只了解零星的片断，若不是姐姐发生意外，我也不会知道这个人的存在。

同系的聚会是班长临时起意举办的，本来我想拒绝的，但招架不住班长的再三恳求。班长岳鑫是我在开学后一个月才记住的人，作为班长，他实在太不起眼了。

我曾一度认为班长是成思隼，结果在一次班委大会上我才知道原来我们班的班长是这个叫岳鑫的男生。

和成思隼差很多的普通外貌，一成不变的运动装以及黑框眼镜，这样平凡的男生几次笨拙地跑来找我，原因只有一个，这是第一次举办同系聚会，他不想有人缺席。

最后，在他的苦苦恳求下，我勉强答应了。答应他的理由还有一个，那就是成思隼，这场聚会他一定是主角。

这个世界总有那么一种人，天生发光，恰好我最讨厌的成思隼就是这类人。同系聚会举办得有模有样，聚会地点定在教室，有人出钱，有人出物，三五成群地围在一起，而我选择了角落，我天生不习惯这种人多的场合。

成思隼的身边依然围着许多女生，往日里其乐融融的气氛终于在这一刻被打破，几个女生为了他身边的位子开始针锋相对。

我默默地吃着无糖饼干，"咔嚓咔嚓"，很响的那种。

成思隼坐在我对面，我一抬头就能看到他。他在我的注视下坦然自若地和身旁的女生聊天，和这个谈谈外语教授，再和那个聊聊星座，忙得不可开交。

"'思隼'这个名字是谁取的？真好听。"女生A挽着成思隼的胳膊问道。

成思隼浅浅一笑，说道："我爸爸。"

他的话音刚落，还不待女生A回话，另一个女生B就凑过来了："思隼，你尝尝这个饼干，超级好吃。"

女生B的手都快塞到他嘴里了，他淡然地接过饼干，塞进嘴里。

"不错。"他说着，竖起拇指做了个"赞"的手势。

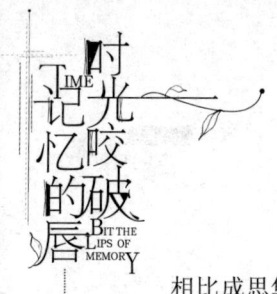

相比成思隼，其他人就显得孤单多了，尤其是我，其他人身边好歹还有一两个朋友，但我只有自己。

有些人勤勤恳恳，一生没有做过什么亏心事，却因为发生意外而崩溃；有些人光鲜亮丽，却是个胆小鬼，害了别人，却依旧活得十分潇洒。

"成思隼。"当话脱口而出时，成思隼的目光扫向了我，我抿了抿嘴唇，问他，"你现在开心吗？"

我知道姐姐死的时候是忍着痛苦死的。

"开心。"他毫不犹豫地回答道。

为什么害死一个人还能开心起来？

我越发恨他了。

"你这么开心，考虑过我的感受吗？"我的询问让那些女生窃窃私语起来，她们每个人就像大嘴怪一样，小声说着我的坏话。

不管她们怎么说，我不在乎。成思隼的神情僵了一秒，迟迟不说话，打破僵局的是一个女生。

"你以为你是谁啊？你不高兴，就要其他人也跟着你不高兴吗？"女生挑着眉毛，扬起下巴看着我，直接把自己的不满表现在脸上。

我把目光移向她，只见她化着浓妆，穿着黑色的连衣裙，我问她："你喜欢成思隼？"

女生看了一眼成思隼，骄傲地回答道："很喜欢。"

"可你了解他吗？"我的问题让女生愣了一下，其实相比成思隼身边的那群女生，我还是很喜欢这个女生的，起码她敢把话说得敞亮。

"他是个小人。"我补充道，"是见死不救的懦夫。"

不知道是我的用词太过分了，还是被我的气势吓到了，周围顿时变得安静下来，我把目光重新放在成思隼身上。

"你想过我为了那件事而承受的痛苦吗？在我痛苦的时候，你也是像现在这样和其他人玩乐吧？"我很少说长句子，更是很少当着众人的面说话。

成思隼放下了手指，没说话。此时，有人骂我咄咄逼人，有人骂我不知好歹，却没有一个人知道真相。

"好了，好了。"出来打圆场的是岳鑫，他以班长的身份站出来，"现在都九点了，大家累了吧，要不就此散会吧？"

我看了看成思隼，他正好也看向我，目光深邃而又充满忧愁。这几天我常想，明明姐姐才是受害者，为什么他也会露出如此悲伤的神情。

全班没有一个人离开，岳鑫说的话不具任何威严。

我将最后一块无糖饼干放在嘴里，"咔嚓咔嚓"的声音在教室里响起，我吃完就起身离开了，随后又有几人站起来离开。原本好好的同系聚会，硬生生地被我破坏了，可我不在乎。我就像个小人，见不得成思隼好，就想破坏和他有关的美好气氛。

也许是质问过成思隼的原因，晚上我翻来覆去怎么也睡不着，姐姐的脸就像梦魇一样反复在我的脑海里出现。我起床给苏媛打了个电话，可是电话拨过去传来的是关机提示，我看了看手表，十点多了。

窗外的校园被黑暗笼罩，仅隔着一条街的对面是家酒吧，一到晚上，那

边就会十分热闹。我披了件外套，避开管理员，离开了宿舍楼。

那个酒吧名为"孪"，是"孪生"的"孪"，我对这个字有种莫名的好感，黑底白字总能让我想起和麦柒在一起的美好日子。

那些回忆是无法代替的宝贝，以前在家的时候，我特别喜欢喝酒，尤其喜欢那种辣辣的液体灌入喉咙的感觉，那个时候麦柒总会帮我偷爸爸的酒。

在麦柒离开的那段时间里，酒成了我寂寞时候的陪伴物。

嘈杂的音乐以及晃眼的灯光让我有些头痛。

"血腥玛丽。"我坐下后，对酒保小声说道。

他看了看我，然后开始调制。

血腥玛丽是一种很辣的鸡尾酒，火红的液体在灯光下熠熠发光。我轻轻吮了一口，火辣的感觉飞快地蔓延到胃里，也就是那时，我听到了"麦柒"这个名字，声音细如蚊呐，却犹如小虫一样钻入了我的耳中。

我微微仰头，这才看到人群里的成思隼。哪怕在这种嘈杂的场合，他也显得很耀眼。他瘫倒在软沙发上，一个人霸占了很大的面积，嘴巴一张一合嘟囔着麦柒的名字。

"麦柒，麦柒……"

我端着酒杯坐到他的旁边，他揉着眼睛，边喊着"麦柒"边握住我的手。

我看着身体软如一摊泥的成思隼，有种莫名的感觉，不想和他争吵，也不想说话，只想坐在他旁边，听他念叨"麦柒"这个名字。

已经好久没有人和我念叨这个名字了。

03【有关麦柒】

麦柒，你还记得高中时候的成思隼吗？

这是我在酒吧里听成思隼说的最完整的一句话，姐姐和我就像双生莲一样，虽然彼此都有自己的世界，可是根茎相连着。

我熟悉麦柒的喜好，了解她的性格，可我不知道高中时期的麦柒在学校里是怎样的。

"那你还记得高中时候的麦柒吗？"我轻轻地问道，却不知成思隼的身体在这一刻轻微地颤抖了一下。

有关麦柒的一切，要从那时说起。

一年半前。

麦柒跌坐在地上，水桶"啪"的一声摔在了地上，水在地上荡起涟漪。她想睁开眼睛看清始作俑者是谁，可是怎么也睁不开。眼睛被水雾打湿，眼前的一切都是模糊的。

"哈哈，你刚刚看到麦柒那个蠢样了吗？"

"看到了，笑死我了，那副样子还敢把成思隼的情书交给老师。"

……

女生们的对话就像恶魔的咒语一样传入耳中，她抽了抽鼻子，起身离开。湿漉漉的校服贴在身上，她所经过的地面都留下了湿漉漉的脚印。

周围有人看笑话，也有人无视，仿佛她被隔离在另一个世界，她不知道

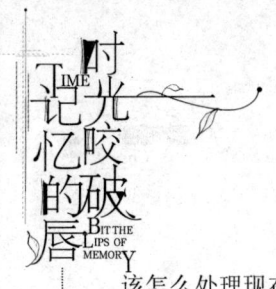

该怎么处理现在这种局面。

欺凌、恶作剧……一切就像噩梦一样缠绕着她，令她无法逃脱。

"喂，你看她身后，那个'一点红'。"有人在她身后笑道。

"弄脏裤子了，真搞笑！"有人在她身后不屑地说道。

却没有一个人站出来帮她。

直到听到照相机的"咔嚓"声，她才后知后觉地抬起头，映入眼帘的是一道白光，刺得她眼睛发痛。

"喂，你们够了！"

这是苏媛的声音，她揉了揉眼睛，往声源处看去，及腰的黑发占满了她的视线。

"你们这群人，再照的话，我就去告诉老师。"她恶狠狠地转身拉着麦柒的手离开。

麦柒在她身后不知道走了多久，最后停下的时候，已经能看清东西了，没有水雾的世界一片澄净。

"你真笨，都不知道反抗吗？"苏媛一边说出自己的不满，一边把外套脱下来披在她身上。苏媛的个子很高，外套比她的大一圈，刚好能遮住臀部。

"你先穿上我的外套吧！"苏媛拍了拍她的肩膀，说道，"等会儿放学后我们一起回去。"

"嗯。"麦柒点了点头。

麦柒和苏媛不同班，有一次麦柒被欺负时，苏媛救了她，之后两个人的

感情莫名地好起来，女生之间的友情其实很奇妙，总是莫名地升温。

麦柒家距离苏媛的家不远，两个人时常一起上下学。她裹着苏媛的外套，两人手拉着手走在羊肠小道上。两旁的芙蓉树正值花期，散发着浓郁的香气。

"麦柒，如果没有成思隼就好了。"苏媛挑起了话头，和麦柒在一起的时候，苏媛总是提起成思隼，不是夸奖，而是贬低。

麦柒摇了摇头，做出无声的回应。

"如果没有他，你就不用这么辛苦了。"苏媛握紧她的手，"如果不是他给你写情书，你也不会被班上的同学那么对待。"

"我……我也有错。"麦柒支支吾吾地说道。

"就算你有错，对不起你的也是成思隼，关其他人什么事情？他们凭什么这么对你？"苏媛越说越生气，她皱着眉头，一脸的不满。

麦柒反握住苏媛的手，笑了笑，说道："没事，我还有你帮我。"

芙蓉树下的麦柒就像芙蓉仙子一样，粉色的花坠在她头上，她眯着眼睛，嘴角微微勾起，让人心里暖暖的。

苏媛看着她，愣了好久才回过神。

麦柒拍了拍她的肩膀，笑着说道："你到家了。"

"嗯，你路上小心点儿。"苏媛嘱咐道。

麦柒点点头，冲她摆摆手，继续向前走去，麦柒和苏媛的家离得很近，步行只要十分钟。

"我回来了。"麦柒握紧书包，和爸妈打完招呼后跑进了房间。她的房间整洁干净，她从衣柜里拿出了一件新衣服，换上衣服后看着镜子里的自己。

精致的锁骨，白皙的皮肤，有些清秀的五官，不算好看也不算难看，但是很耐看。

以上是她初中毕业时班上同学做出的评价，她很少说话，在班上的存在感也一直很低，如果不是成思隼的情书，她也不会被察觉。那是她人生中收到的第一封情书，有些意外，也有些慌张。

至此，她还记得情书的内容以及模样，天蓝色的信封上写着龙飞凤舞的字——

麦柒，你现在还不认识我，可是我已经观察你好久了，我喜欢你笨手笨脚的模样，也喜欢你轻声细语时的淡然，你的一切都那么美好。请问，你能否接受我的表白，做我的女朋友？

文字很短，却如一把尖刀扎在她心上，让她慌张，也让她害怕。

"麦柒……请问你能否接受我的表白，做我的女朋友？"她看着镜子里的自己，轻轻地念着他的情书。

这封情书被她记到了骨子里。

那个下午的阳光有些暖，照在她身上，反射出五颜六色的光晕。

第二章

Chapter 02

你 是 我 的 伤　　我 是 你 的 疤

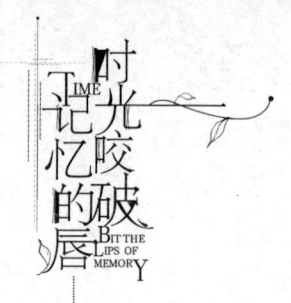

01【有关麦音】

思绪停止，有关麦柒，我不愿多做回忆，每一次的记忆换来的都是揪心的痛。我深吸了口气，一口气灌下血腥玛丽，火辣辣的感觉麻痹了所有的神经。

我不知道自己喝了多少才趴在了桌上，只记得迷迷糊糊间听到了这样一句歌词："我们慢慢成长，却遗忘多少片段……"

我看着眼前越来越模糊的景物，明明身处嘈杂热闹的酒吧，却不断冒出寒气。寒冷过了许久才被温暖替代，是成思隼把外套披在了我身上，我张了张嘴，却无力说话，彩灯下的成思隼甚是温柔。

"麦柒，还是安静的你……比较好。"他醉意朦胧，说的话也断断续续，可偏偏这句我记得尤为清楚。

我眯了眯眼，陷入了睡眠，嘈杂的音乐就像被某种力量阻挡了一样，怎么也吵不醒我。我不知道后来成思隼对我说过什么，隐隐约约间我梦见自己找到了一个很暖的抱枕，温热的体温让我想起了离世的姐姐。

有个人与我相依入睡，宽厚的肩膀让我悬着的心放下不少。

深夜两点多，我被痛醒，腹部的绞痛让我不得不提起精神起来。我看了看手表，恰好深夜两点半，不少喝醉的男女倒在沙发上呼呼大睡，而成思隼则坐在我旁边小憩，我身上盖着他的外套。

哪怕现在是初秋，也有些凉，酒吧褪去热闹的气氛，冷冷清清的。成思隼除了大衣，只穿着一件单薄的衬衫，离得近了，我甚至能看到他冻得起了鸡皮疙瘩。

我咬了咬下唇，站起来，把外套扔到他身上。我费力迈开脚步，肚子里像装了无数把尖刀一样，每一下都痛到无力，我想开肠剖肚的感觉也不过如此了。

我努力忍受着，往前走去，还没走出酒吧，我就跟跄了一下，差点儿撞到酒吧的柱子上。

"你要去哪里？"身后传来成思隼的声音，他牢牢地抓着我的手臂，眉宇间透着一丝担忧。

我努力仰起头，忍着疼痛说道："我去哪里关你什么事？"

"我只是担心。"他松开了我的手。

我倚靠在身后的柱子上，冷冷地看着他。

我不是不想反驳，而是我现在痛得连话都说不出来，我的指甲掐入肉里，抠出了一道血印子。

"麦柒，我不跟着你了。"他往后退了退，小声说道，"你也不要这样仇视我了好不好？"

我没有回应，转身就往酒吧门口走去。刚出门，我就感觉腿软，无力感充斥全身，下一秒眼前就陷入了黑暗。

"砰"的一声后就是成思隼的声音。

"麦柒，你怎么了？"他的声音带着焦虑。

"别……碰我。"

这是我晕倒前对他说的最后一句话，不是"谢谢"，也不是"肚子疼"，而是"别碰我"。

我做了个很长的梦，梦里有麦柒，她挽着我的胳膊，头靠在我的肩膀上，她用甜甜的声音说道："麦音，上学是一件很快乐的事情，学校里有温柔的老师，也有各种各样性格鲜明的同学。"

姐姐的声音越来越缥缈，不论我怎么喊她，她都不回话，直到我喊着"麦柒"的名字醒来。

"你醒了。"映入眼帘的不是成思隼，而是班长岳鑫。

他笨拙地站起来，扶了扶眼镜，问道："有没有感觉不舒服？"

我摇了摇头，把目光转到了另一个人身上——黑色长直发，白色运动装，看起来潇洒迷人，是苏媛。

"你真是的，一点儿都不知道好好照顾自己。"她直接无视身旁的岳鑫，目光炯炯地看着我，"你知不知道，当我得知你晕倒进了医院后有多着急？"

"不知道。"我靠在身后的软垫子上，一脸的漠然，"如果知道自己生病了，我就不会进来了。"

我的回话让苏嫒翻了个白眼。

"还好只是阑尾炎。"紧接着她指了指岳鑫，说道，"快道谢吧！是他送你来的。"

不是成思隼送我来的吗？我明明记得闭眼前看到的最后一个人是成思隼。虽然心中怀有疑问，但是我相信苏嫒的话，再者，苏嫒没有必要和我撒谎。我冲岳鑫点了点头，算是致谢。

岳鑫愣了愣，下意识地看向了苏嫒，在苏嫒的直视下扶了扶眼镜，故作镇定道："我只是在回校的路上看到麦同学倒在地上，同学之间本该互相帮助。"他说得客客气气，却不断擦着额角的汗。

我张了张嘴，刚想说话，苏嫒就插了进来。

"谢谢岳同学了。"她迈了一步，挡在我和岳鑫中间，替我应酬着，"麦柒昏睡了一天，刚醒来一定很不舒服，岳同学在这里也陪了很久，一定也很累了吧！"

苏嫒的言外之意再明显不过了，岳鑫连连点头站起，走前还不忘尽一下班长的职责："麦同学，我已经和教授打过电话了，这几天你好好休息，我会和其他同学等着你回来上课。"

代我回答的是苏嫒，她勾了勾嘴角，笑得十分好看，说道："谢谢你了。"

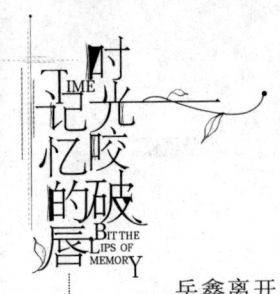

岳鑫离开后许久，苏媛才铁青着脸转过身，她瞪着我，不悦地说道："你太不会照顾自己了。"

我从水果篮里拿出一个苹果擦了擦，边吃苹果边说道："这次只是意外……以后我会好好照顾自己的。"

她看着我，无奈地叹了口气，说道："你呀，每次都说能照顾好自己，可每次都不注意。"

苏媛坐下来，拿过我手里啃了一半的苹果，用小刀削皮，说道："你吃苹果和麦柒就不一样，她每次吃苹果不削皮就绝不吃。"

"嗯，姐姐只吃削过皮的苹果。"我重复着她的话，不一会儿她就削好苹果塞到了我手里，冰凉的苹果肉黏糊糊的。

我小口地吃着她削好的苹果，问道："苏媛，我姐和成思隼是高中同学吧？"

"我们三个都是一期的，只是不同班。"苏媛的表情凝固起来，她站起来走到窗边，看着窗外逐渐暗淡的天色，喃喃地说道，"麦音，你还记得我们第一次见面的时候吗？"

"你送我姐姐回家，偶然遇到了我。"我回答道，我所接触的人很少，所以我总能记住与他们相关的事情。

苏媛点点头，笑着告诉我："第一次见到你的时候，我差点儿吓哭了，因为你和麦柒长得一模一样。"

所有人都知道麦家有个麦柒，却不知道麦家还有个二女儿叫麦音。

　　苏媛看我沉默，继续说道："我从没听说麦柒有妹妹，所以刚看到你的时候很惊讶。但是随着之后的了解，我才发现你和麦柒完全不一样，你比麦柒凶，如果打比方的话，麦柒就是一朵百合，而你则是一朵野玫瑰。"

　　我很认同苏媛的话，在我眼里，我的姐姐很柔弱。

　　"我听麦柒说你们相差一分钟出生，是孪生姐妹。"

　　"一分钟说长不长，说短不短，却能改变很多。"我从小就患有自闭症，我这个晚一分钟出生的妹妹很快就沦落成了"家里蹲"，而我的姐姐却过着无比平凡的生活。

　　"我和麦柒的感情很好，对我来说，麦柒就像我的妹妹一样，所以很多时候我对麦柒的感情甚至比你对她的还深。"苏媛像是陷入了回忆中，用很平静的声音谈起有关麦柒的往事。

　　成思隼不仅仅是我心里的一道疤，也是苏媛心里的一道疤。

　　"成思隼和麦柒是两类人。"苏媛的目光投向了远方，"打破平静的是成思隼，就因为一封该死的情书。"

　　"什么情书？"我愣了愣，我从没听姐姐说她收过情书。

　　"麦柒没告诉你也正常，因为事情发生得很突然。"她露出了缅怀的神色，继续说道，"成思隼是当着众人的面给了麦柒一封情书，你知道麦柒是个什么样的人，当她收到情书的时候除了惊讶就是恐惧。"

　　苏媛说得没错，如果麦柒收到情书的话，一定会恐惧。

　　麦柒的性格太过乖巧，爸爸妈妈说的话她总是认认真真地去完成，所以我想她收到情书后肯定不知道该如何处理，因为对她来说情书就是个烫手的山芋。

"所以那个笨蛋把情书交给了老师，从普通的情书告白演变成了一场处分大会。"

出乎意料的结局让我愣了一下，麦柒把情书交给老师，这一举动出乎意料却也在情理之中。

苏媛继续说道："从那以后，麦柒就陷入了苦难的生活。"

"那成思隼呢？"

苏媛幽幽地看了我一眼，那一眼包含了很多我不知道的东西。

"他被开除了。"就因为一封小小的情书，学校杀鸡儆猴般地把成思隼开除了，苏媛有些口渴了，从水果篮里拿出一个梨，边吃边说，"成思隼在学校的人气很高，暗恋他的女生很多，所以从那以后麦柒成了被针对的对象。对于麦柒来说，那段时间每天上学就跟打仗一样。"她虽然用短暂的几句话说明了姐姐的处境，可姐姐受欺负的画面浮现在我的脑海里，仿佛我也曾亲身经历了一般。

"讽刺的是，我和麦柒的感情是在那个时候升温的。"苏媛在最后莫名地补充了这么一句。

我靠着枕头，闭着眼。苏媛拿出手机播放了一首歌，熟悉的旋律伴着我最熟悉的声音缓缓响起。

"如果不是你，我不会相信朋友比情人还死心塌地，就算我忙恋爱把你

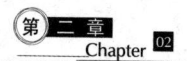

冷冻结冰，你也不会恨我，只是骂我几句，如果不是你，我不会确定朋友比情人更懂得倾听……"

苏媛看着我有些动容的表情，轻声说道："这是你姐姐唱过的歌，她说我是夏天，她是秋天。"说到后面，我仿佛听到了苏媛低声哭泣的声音。一向潇洒直爽的苏媛此时却像个脆弱的孩子一样在我的病房里发泄着情绪，飘动的窗帘遮挡了她的面容，我看得模模糊糊，却也看得真真切切。

02【有关成思隼】

成思隼起床喝了杯水，四人间的宿舍就剩下他一个人了。他看了看手表，已经下午五点了，他开始后悔，早知道从医院出来的时候就该买点儿感冒药，现在鼻子干干的，喉咙也干干的。

成思隼穿上一件厚实点儿的外套离开了宿舍，相比自己，他现在更担心医院里的麦柒。

他的初恋发生在高三，这场初恋还没有开始就已经结束了，为此他受到处分转到了别的学校。

成思隼认为自己是个随心所欲的浪子型人物，他觉得高中时期的女生名字就和化学课本一样复杂麻烦，他懒得记，通讯录里的人名也从来都是用A、B、C代替的。然而麦柒是个例外，她用简单的方式让他记住了她，且许久没忘。

成思隼坐上公交车，看着马路对面穿着高中校服嬉笑打闹的男生女生们，心里忍不住嫉妒起来。他和麦柒之间就像隔着一条银河，无论他怎么努力都无法靠近对方。

公交车在转角处停下，他下了车，对面是一家大型医院，隔着马路他都闻到了淡淡的消毒水味。他没有马上进医院，转身走进了旁边的便利店，便利店里的柜台上摆着一盒盒便当，看起来精致美味。

"来两份鸡翅便当。"他指了指便当，对服务员说道，他勾起嘴角，刚好露出八颗牙。

女服务员愣了愣，慢吞吞地拿出便当，在包装时偷偷塞进去一张字条，女生的动作小心而又谨慎，但整个过程都被成思隼看见了。他没有点破，微笑着接过便当，然后付钱走人。出门后，他把写着电话号码的字条扔进了垃圾桶。

现在他不想认识陌生女生，也不想谈恋爱，他只想得到麦柒的原谅，因为他对不起她。

进入医院时，他想起了早上发生的一幕。深夜两点半，他被细小的声音吵醒，大概是喝了酒的缘故，头格外疼，然而下一秒他就起来了，麦柒瘦小的身影让他瞬间清醒过来。

眼看麦柒要倒下了，他立刻过去抓住麦柒的手，然而面对他的依然是她那张倔强的脸。

"你要去哪里？"

他抓着她的手，露出了担忧的表情，但是麦柒从不吃他这一套，她仰着头，像一只高傲的孔雀，回答道："我去哪里关你什么事？"

"我只是担心。"他放开了她，他从不认为自己这点儿小仁小义就能收买她的心，从某种意义上来说，他把她伤了。

之后他们陷入了好长一段时间的沉默。

成思隼往后退了退，向她保证道："麦柒，我不跟着你了，你也不要这样仇视我了好不好？"

麦柒看着他，最终默默地转身往门外走去，而成思隼站在原地，像一只金毛犬一样看着她，直到她"砰"的一声倒在地上。

成思隼快速跑到她身边，抱起她的脑袋，看着紧闭双眼的她。这是他第二次感觉自己这么脆弱，他宽厚的肩膀给不了麦柒一个依靠。

她倒下时，他显得手足无措。

明明已经成年了，明明是个男子汉，这一刻他居然有种想要哭的冲动。他抱着麦柒跑到酒吧，连忙用外套裹住她冰凉的身子，然后拨打了急救电话。

成思隼从来没有觉得时间过得这么慢，在等待救护车的过程中，他一直握着麦柒的手。

五分钟后，救护车抵达酒吧门口，身穿白衣的护士们将她抬上救护架，而他作为陪同一起上了救护车。

一路上他都紧紧地握着麦柒的手，不敢松开，车内的医生替她做了简单的检查后，松了一口气，对他说："放心吧，不会有什么大事。"

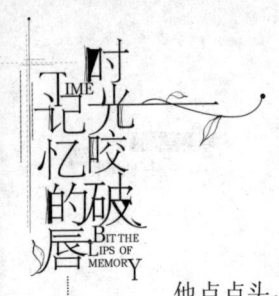

他点点头，还是不肯松手。

"小情侣的感情真好。"坐在他旁边的女护士看着他们调侃道。

成思隼却摇了摇头："我们不是情侣。"若非要说有关系的话，那就是仇人，他是她的仇人，这个角色在高三结束后的暑假就定下来了。

到了医院后，医生说要进行一个小手术，需要家属签字，于是成思隼以同学的身份签了字。医生说只要签了字就有法律效力，一旦出了事故是要负责任的。成思隼满口答应了。

成思隼看着麦柒被送进手术室，医生给了他一张手术费结算单，两千五百多，成思隼看了看账单，又掏了掏口袋，里面只有三百块钱。

"抱歉，能不能先做手术？事发突然，我带的钱不够。"成思隼拉住医生，小声说道。幸好医生是个好说话的人，看得出他的窘境，拍了拍他的肩膀，说道："我会和前台说一声的，先进行手术，你赶紧把钱交上就行。"医生匆匆嘱咐完，戴上口罩进了手术室。

成思隼立马离开医院，跑回宿舍，凌晨风还很大，他却浑身是汗地回到宿舍，宿舍有他的银行卡，卡内有三千块，这是他三个月的生活费。他咬了咬牙，拿着卡跑回了医院，支付了医药费。手术要进行一个多小时，他给苏媛打了个电话，因为他在麦柒的手机里第一眼看到的就是苏媛的电话号码。电话接通后，苏媛口吻不善地说了一句"我马上就来"，然后挂了电话。

当年同时毕业的熟人里，和他来到同一座城市的只有苏媛和麦柒。苏媛来得很快，手术结束没多久她就到了，她比高三时更瘦了，长发及腰。

"扫把星。"苏媛一上来就劈头盖脸地骂他，一点儿情面也不留，"你还嫌害麦柒害得不够惨吗？"

成思隼顿时说不上一句话，他看着苏媛，许久才问道："麦柒都告诉你了？"

"是的，懦夫。"苏媛走过去挡在他和麦柒的病床之间，以保护的姿态与他对峙。

成思隼抿了抿嘴，最终只说了一句："对不起。"

"免了。"她的态度与麦柒如出一辙，她指着门外，淡淡地说道，"滚，我不想让麦柒一醒来就看到你这个扫把星。"

扫把星，真是很贴切的形容。

成思隼握紧拳头，最终像只斗败的公鸡一样垂下脑袋。

"我知道了。"他转身走出病房，没有一丝犹豫。

他回宿舍的时候买了一篮水果，在宿舍里找到了班长岳鑫，说道："麦柒病了，你是班长，该去看看她。"他说着就把水果塞入对方手里。

他想自己看不了她，可以托人去看她。

他这一系列动作把岳鑫弄得一愣一愣的，站在原地许久，岳鑫才扶着黑框眼镜问道："麦柒住院了？"

"阑尾炎。"他说完后躺在床上，感觉累极了。

岳鑫点了点头，收好水果篮，没有再问他什么。他这一睡就睡到了下午，起来的时候岳鑫不在宿舍。

成思隼看了看手中热乎乎的便当，站在麦柒的病房门口，病房内的声音清晰可闻。

"我会恨他一辈子。"这是麦柒的声音，他隔着玻璃窗看着里面缩成一团的麦柒，心里莫名地抽动着。

我会恨他一辈子……

成思隼忽然有些恍惚，有些事情不是努力就能得到期望的结局，他想要得到她的原谅，可是她偏偏要恨他一辈子。

成思隼放下了便当，然后转身离开了。长长的走廊上十分安静，他想告诉麦柒，可不可以这辈子放过他，在下辈子或者下下辈子再恨他。

03【有关麦音】

"虽然阑尾手术是小手术，但我还是建议你留院观察一周。"医生摘下口罩，善意地说道。

我皱了皱眉头，因为小时候老去医院，让我对医院没什么好感，可是苏媛不一样，苏媛属于那种为了安心宁可让我多住两天也不会放我回家的人。

"好的，那么再住院看看情况。"苏媛当场拍板，一点儿反驳的余地都不留给我。我默默地看了她一眼，眼神略带幽怨。

苏媛不容我说话，我行我素地包办了有关我的一切事情，于是我不得不再住院几天。

这段时间来病房探望我的除了苏媛就是岳鑫，而成思隼一直没有出现过，我住院的那段时间他就像消失了一样。

"吃吧！"苏媛递来一个削好皮的苹果。

之前送的那个果篮已经被我吃得差不多了，我曾问过苏媛这是谁送的果篮，苏媛说是岳鑫送的，可当我向岳鑫提起这事时，岳鑫愣了好半天才支支吾吾地说是他送的。

在病房里唯一的消遣就是听苏媛讲述她高中时代的故事，她所讲述的麦柒和记忆里的姐姐不同。

直到那一天，成思隼来了，他混在大部队里，和其他同学一起走进病房。岳鑫说大家是来探病的，几个女生凑钱送了个花篮，冷清的病房瞬间变得热闹起来。

我自始至终都没说一句话，一切都是用点头或者摇头来回应，倒是苏媛，这一堆人让她差点儿忙不过来。

成思隼站在最后一排，与他并肩站着的是那天在同系聚会上与我呛起来的女生。这一次她没有化妆，齐耳短发，有些微胖，我对这个女生稍稍有些印象，这是成思隼的仰慕者之一，好像叫姚菲菲。

同学们临近中午才准备回去，姚菲菲扭着身子问成思隼："思隼，一会儿出去吃饭吧？"

"嗯。"他淡淡地回应着姚菲菲。

"那我们吃什么好呢？"姚菲菲眉眼带笑，一点儿也不在意成思隼的冷淡，她用食指点着下巴，佯装出思考的模样，"我想吃东食堂的兔肉干锅。"

"那就吃干锅吧！"他兴致缺缺地点头说道，"反正你都已经选好了。"

姚菲菲主动挽着他的胳膊，说道："不要一副不情愿的样子嘛！是你说要和我一起吃饭的。"

成思隼抿了抿嘴，不说话。

姚菲菲戳了戳成思隼的脸，笑道："你吃饭，我请客。"

成思隼僵持了几秒，还是点了点头，在他准备说话时，我忍不住开口了："等等。"

我的声音平静而又冰冷，吓了苏媛一跳，她有些不安地看着我，眼里带着询问。我避开苏媛的目光，对成思隼说道："成思隼，你现在是做小白脸吗？"不知道为什么，我一看到他和其他女生打情骂俏，就忍不住出言讽刺，或许是他曾喜欢过姐姐的原因。

他被我说习惯了，倒没有多做表示，只是他身边的姚菲菲不高兴了。她仗着体能优势，挤开苏媛，跑到我面前，指着我说道："麦柒，你什么意思？"

我斜睨着她，眼里带着不屑。

大概被我的眼神激怒了，姚菲菲抬起胳膊，说道："你这是什么眼神？我早看你不顺眼了，今天我要替成思隼好好教训你。"

我的嘴角勾起一个冷笑，替成思隼教训我？恐怕就算他本人都没这个资格。

帮我拦下她的是成思隼，他瞥了我一眼，对姚菲菲说道："我们走吧！"

"凭什么走？这次我们大家凑钱买花篮，过来探望她，无非就是因为是你组织的，是你劝导大家一起来看望麦桀的！"姚菲菲看着成思隼，指着我说道，"她凭什么那么说你？"

"没为什么，我们走吧！"他的声音带着无奈，死死地抓着她的手。最终妥协的是姚菲菲，她气呼呼地看了我一眼，转身的时候用略带撒娇的语气对成思隼说道："为什么要阻止我？你明明不是小白脸，我请你吃饭，是因为你的钱包被偷了，暂时没有生活费，以后你会还给我的……"

她说到后面，我有些听不清楚了，只是当我意识过来的时候，他们已经离开了。苏媛的声音传来："你在想什么？"

"没，没什么……"我吐了一口气，"下周我就可以出院了吧？"

"是的。"苏媛拍了拍我的脑袋，露出笑容说道，"等不及了吧？"

"嗯。"我承认道，"手术费的账单应该出来了吧！我住院加手术费又要大出血了。"

我的话音刚落，苏媛的脸色就变了，她说："不知道是谁已经把你所有的费用结清了。"

她说这句话的时候，我莫名地想起了成思隼。

04【有关麦音】

出院后我就没再见到成思隼，不管是在教室还是在食堂，我都没有看到他，他就像消失了一样。

再次遇到他是在教学楼的天台上。天台一直是学校的禁区，平日也少有人上去，有关天台，学校里总有些不好的传闻。

当天我下了课便跑上了天台，因为那里人少，最适合我待。我也是在那里遇到了成思隼，几天没见，成思隼更瘦了，也更憔悴了。

他显然也很惊讶我会来天台，他手边放着一袋咸菜和馒头。那种咸菜我在商店看到过，五毛钱一袋，馒头也是食堂的早餐之一。

"你怎么来了？"

他有些不好意思地把早餐往身边挪了挪。

我冷冷地瞥了他一眼，问道："我为什么不能来？"

"没……没有不能来，我只是有些惊讶而已。"他挪了一下位置，让出了一块干净的地方给我。他穿着我第一次见他时穿的衬衫和铅笔裤，隔得近了还能闻到淡淡的洗衣粉味道。

我坐在他旁边，目光落在馒头和咸菜上，嘴角勾起一抹讽刺的笑容："这是你的午饭？"

他垂着头不愿看我，声音很低："嗯，午饭。"

我"扑哧"一声笑了出来，充满恶意地说道："怎么不继续跟那些女生蹭饭吃了？"

他不说话，埋着头吃着干巴巴的馒头，咸菜混着馒头，发出难听的咀嚼声。

"这几天我没去上课，你身体好点儿了吗？"他过了好久才主动问道。

我靠在墙上，回答他的话："不关你的事。"

他倒是不介意地继续说道："看你的样子，应该没事了。"

我没理他，假装没听到。

"麦柒，我吃完了。"他顿了顿，继续说道，"我先走了。"

我还没来得及回话，就看到他手忙脚乱地收拾着咸菜馒头，干巴巴的白馒头沾染着红色咸菜，看着就没食欲。

"你很着急走吗？"我开口的时候，他已经停下动作，我转过头看着他，"有件事情我想要问你。"

他愣愣地点着头，等着我的问题。

"我进医院那天你在哪里？"我故作冷淡地问他，毕竟那天我晕倒前最后的记忆是成思隼的脸，然而到了医院却听说是岳鑫送我来的。

这当中一定有什么我不知道的事。

"我……有点儿事情。"他含糊不清地回答道，头却不自觉地转到了另一边，避开了我的目光。

我深吸了一口气，说道："那我这么问吧！送我去医院的人是你吗？"

他没有正面回话，而是起身，捏了捏手中的馒头和咸菜，摇了摇头：

"应该……不是。"

应该不是？

我觉得这个答案有些好笑，我很干脆地说道："不管是不是你，我都不会和你说谢谢，我问你，仅仅是想知道真相罢了。"

成思隼转过头，褐色的眼眸映着我的身影，宛如一潭湖水。

"哦。"他语塞了半天才挤出这样一个字，他看着我，试探地说道，"麦柒，我来这里吃饭的事情你能不能别告诉其他人？"

"怎么？你害怕别人知道你的午饭很寒酸吗？"我挑眉反问道。

成思隼咬了咬牙，说道："拜托了。"

气氛一下子变得奇怪起来，我没有回答他的问题，而是问道："你这几天没上课是因为什么？"

"做兼职。"他答道，"我的钱包丢了，这几天主课内容不是重点，所以抽空去做兼职了。"

我毫无兴趣地晃了晃手，说道："好了，你可以走了。"

成思隼张了张嘴，最后留给我的是他的背影。他拿着廉价的午餐，从天台下去，只是在他离开后不久，我在地上找到了他的钱包。之所以知道是他的钱包，是因为里面夹着一张身份证，黑色的皮夹里还夹着几张小额钞票和一张银行卡。

"钱包丢了？真搞笑！"我忍不住发出一声冷笑，在合上他的钱包时，从钱包里掉出了两张收据，是市医院的结账收据。

我愣了一下，一个大胆的想法从脑海中冒出，或许成思隼并没有丢钱包，他用自己的生活费结清了我的医药费，所以他现在没钱了。

这个想法出现不到一秒就被我打断了，成思隼和姚菲菲的身影在我的眼前闪过。

不管怎样，他都让女生请客吃饭过。

"不要脸。"我边骂边将他的钱包放在了兜里，这一刻，就算我嘴上再怎么强硬，心里却忍不住相信了一个事实：我的医药费是成思隼结清的。

当天下午的主课上看到了成思隼，因为好几天没来上课的关系，班上的女生一下子活跃了不少。我和成思隼隔着一条走道，和成思隼挨着坐的是姚菲菲，她就像一个忠实的女仆一样，坐在成思隼旁边，偶尔从包里拿出零食给他。

我隔着成思隼看着她，那个女生的眼里带着笑。

主课的教授因为下午有事没有来，临时变成了自习，教室里顿时变得闹哄哄的。姚菲菲缠着成思隼问东问西，直到我打破了这个和谐的画面。

我走过去把成思隼的钱包放到他面前，笑道："你的钱包。"

成思隼看到他的钱包时，脸色都变了，他颤抖着手接过钱包，而他身边的姚菲菲却皱着眉头问我："这个钱包你在哪里找到的？"

我意味深长地看着成思隼，没有说话。成思隼对我轻声说了一句"谢谢"，然后转移了话题："菲菲，你刚刚说什么？"

姚菲菲愣了一下，但是回答得很快，她单手拉着成思隼，说道："是这

期学生会办的新活动，好像是个演讲比赛……"

他们聊得正欢，完全没有搭理我的意思。到下课后，成思隼主动找我，他站在我面前，支支吾吾地想说话，可是又说不出来。

"谢谢你捡了我的钱包。"他憋了半天说了一句无关紧要的话。

"不用谢。"我抱着书绕过他走到门口，背对着他问道，"你钱包里的医院账单是我的吗？"我的语气轻柔得仿佛下一秒会说出什么感人的话，但事实上，一旦他应下，恶毒的语句就会像炮弹一样打在他身上。

第三章
Chapter 03

有 些 真 相 埋 在 人 心 　 刺 痛 你 我

01【有关麦音】

中午用餐结束，岳鑫就气喘吁吁地找到了我，他手里拿着一张名单，上气不接下气地问道："麦柒，你要报名参加演讲比赛？"

"是。"我看着岳鑫难以置信的表情，微微不悦道，"怎么，我不可以参加吗？"

"不是，不是。"岳鑫连忙摆了摆手，生怕我误会他似的，扶了扶眼镜说道，"我只是有些惊讶而已。"

我皮笑肉不笑地冲他"呵呵"一声，和他擦肩而过。

以我的作风，的确不会参加任何校园活动，但这次演讲比赛算是例外。之前我在报名表上看到了成思隼的名字，鬼使神差就报了名。我想，如果能在众目睽睽下压制他，得到冠军的话，他的脸色一定会很难看。

想到这里，我的心情顿时好了不少。我想起了我在教室里曾问过他的问题。

"你钱包里的医院账单是我的吗？"

他沉默不语，我清楚地看到他因为握紧钱包而泛白的手指。

"算了，那我问你另一个问题。"我看着他，充满恶意地笑道，"为什么撒谎说自己的钱包被偷了？"

他依旧沉默。

"让我猜猜，是不是怕告诉别人你的钱是给我结算医药费了，觉得很丢人，无法找人借钱吃饭？"

他使劲摇头。

他不说话，我也不知道他是在否认丢人，还是否认医药费的事情。我耸了耸肩，最后与他擦肩而过。

不管怎样，我对他的态度不会产生动摇，一丝都不会。

"呼……"我揉了揉眉头，停止了回忆，开始审阅演讲资料。

这次比赛题材不限，主办方说要给选手更多发挥空间，我不擅长这类比赛，由于曾经有过轻微自闭症的关系，哪怕现在痊愈了，我也对人多的地方感到不适。

审阅资料到半夜，我才睡觉，隔日起床已是中午。一晚上的用脑加上两顿饭没吃的缘故，我饿到了极点。

中午食堂的人是最多的，我排了半个多小时的队才买到饭，是最简单的两素一荤，在转身的时候我看到了成思隼，我们面对面，相互直视。

我皱了皱眉头，露出晦气的神情，与他擦身而过的时候他叫了我的名字："麦柒。"

我没有理会他，直接端着饭菜坐到一个空位上开吃。没过一会儿，成思隼也端着饭菜坐到了我对面，反常的举动引来不少人的注目。

"你先别赶我，我有话问你。"他抢先一步说道，"我听说你参加了演讲比赛。"

"是的，没错。"在他坐到我对面的那一刻起，我就隐隐猜到了他要问的话。

"为什么？"成思隼有些不解地看着我，"你不是从不参加这类活动的吗？怎么会突然参加？"

"你的意思是我不能参加吗？"我反问他。

这个回答让他愣了愣，他有些不好意思地挠着后脑勺，说道："不是，我没有那个意思。"

我低着头，边吃菜边问了一个不相干的问题："你现在还会回想高中时期的事情吗？"

"偶尔。"只要一谈起高中时期，他就会不由自主地低下头。

"会回想什么？"我继续问道，语气十分平淡。

成思隼顿了顿，回答道："一些很平常的事情。"

我不知道他所谓的"很平常的事情"里包不包括姐姐，但隔着热气，我隐隐看到了他上扬的嘴角。

"曾经有个女生，她不漂亮，学习也不算好，她在班级里的存在感很低，但是贵在平凡。"我冷冷地看着他，说道，"可是有一天，属于她的平凡被人打破，欺凌、辱骂……各种恶意攻击落在她身上。"

我的话说到这里，他的脸色微微变了。

"可是她很坚强，一路都撑过来了。"热气散开，我看清了他的神情，那抹因为回忆而露出的浅笑像是僵住了一样，停在他的嘴角。

"即便承受再大的打击，她总是能笑着告诉所有人，她很快乐，她在学校的每一天都很充实。"我看着成思隼，一字一顿地说道，"到那时为止，我没怨恨过谁，也包括你。"自从出院后，我不止一次想起麦柒对我说过的话，她抱着我，轻声给我讲述学校的美好、与人交流的好处。

我无法想象她是怀着什么样的心情为我讲述那些美好的，但我知道，她这么告诉我，是为了让我接触更多的人，她在担心我这个有自闭症的妹妹。

"好了，我吃饱了。"我放下碗筷，起身对他说道，"那时是那时，现在是现在，现在的我对你满是怨恨。"

那是我第一次和成思隼同桌吃饭，亦是最后一次。

演讲比赛在十一月十日举行，前一天学生会通知各个参赛者来中央大厅彩排。我早早到了中央大厅，或许是时间还早，来的人不多，其中包括成思隼。

我抿抿嘴，坐在最后一排，成思隼坐在我前面那排。柔和的光打在他身上，他低头看着演讲稿，薄唇一张一合，带着一丝诱惑。

我蜷缩着身子坐在椅子上，我的演讲稿早已背得滚瓜烂熟，我和很多人不同，我没有朋友，所以我可以攒下很多时间做自己想做的事情。

彩排是八点开始，七点五十分陆续来了很多选手，有见过的，也有没见过的，而围绕在成思隼身边的人最多，以学生会的学姐们为主。

"思隼学弟。"最靠近他身边的是唐莱学姐，这个学姐给我留下的印象十分深刻，想忘也忘不了。

"学姐好。"成思隼长得好看，笑起来的时候总能露出一颗虎牙，看起来十分朝气。

唐莱学姐单手撑着下巴，眼里闪着光，说道："这次演讲比赛要加油，我会支持你的。"

"谢谢学姐，有学姐帮忙，我就方便多了。"他客套地笑了笑，尽量表现得十分客气。这次主办方是学生会，有学生会的学姐帮忙，很多事情都会方便很多。

唐莱学姐偏偏头，倚靠在成思隼的肩头，说道："你都这么说了，我肯定会努力帮你的。"

成思隼靠在椅背上，两个人相互依靠的身影就像一对情侣。过了许久，唐莱学姐才出声问道："对了，我看到报名表上有麦柒的名字。"

"嗯，她也参加了。"成思隼皱起眉头，神色变得警惕起来。

唐莱学姐看了看他，仿佛对他突然变化的表情感到不悦，问道："你很在意她吗？"

"很在意。"他毫不犹豫地吐出这三个字，速度快到让我愣了一下。

唐莱抿了抿唇，没有再接话，是我打破了他们的沉默。

"我也很在意你，成思隼！"

听到我的声音，他才转过头，他很快就在角落里发现了不起眼的我，说道："麦柒……"

"我的在意充满恶意。"与他对视时，我说出了后半句。

"我知道。"

　　我看着他略带忧伤的面容，心里忍不住恶心起来。我缩着身子，淡淡地说道："你不用露出这个表情，我明明记得你之前还和身边的学姐打情骂俏。"我特意加重了"打情骂俏"四个字的语气。

　　成思隼看了看我，又看了看靠在他肩头的唐莱学姐，立刻移了移身子解释道："不是的，我们不是那个关系！"

　　我看着他摇晃的手，忍不住露出了鄙夷的神情。

　　靠在他身旁的唐莱学姐一连变了好几次脸色，她瞪着我，却碍于成思隼在这里而不敢出言训斥。

　　整个学院的人都知道成思隼对我好，却不知道他对我这么好的理由。有关我的绯闻多到数不清，有的人说我是他的女朋友，因为忍受不了有那么多女生对他好才分手，也有人说成思隼有把柄在我手中。不管怎样，所有人都认为他对我很好，而我对他很差。

　　他看我不理他，就往后靠了靠，尽量靠近我，说道："上次在食堂我忘记问了，你出院已经有一个月了吧，回去复查过吗？"

　　"不关你的事。"我不看他，目光直视着前方。

　　"麦柒，你的身体重要……阑尾炎说大不大，说小也不小，动手术的地方应该还有些疼吧？"他尽可能压低声音，温柔地看着我。

　　若他以前也能这样关心麦柒就好了，这个想法在我的脑海里一闪而过。

　　我直接越过他，将视线投到了远处。他张了张嘴，刚想说点儿什么时，他身旁的唐莱学姐插话道："麦柒，你差不多就行了，你知不知道你阑尾炎发作那天是思隼学弟送你去的医院？如果没有他，你还不知道会变成什么样

呢！"

我下意识地抿紧嘴唇，有些不知所措。

送我去医院的不是岳鑫吗？我一直以为成思隼知道我病了，帮我付了所有费用，可我不知道就连送我去医院的也是成思隼。一瞬间，各种想法涌入脑海，但我没有表现出一丝感激，反而板起脸，变得更加冷漠。

我看着成思隼，回复唐莱学姐的话："那又如何？"

"那……那又如何？"唐莱学姐气得结巴了，我想如果不是成思隼挡在她前面的话，她一定会跳起来打我。

"麦柒！"成思隼不禁握拳，他的目光深邃，像一片沼泽，他说道，"是我送你去的医院。"

"嗯。"

"是我付了你的手术费。"

"呵，你终于承认了。"

"即便这样，我们还是无法心平气和地说一次话吗？"

"是的。"

成思隼深深地吸了一口气，握拳的手缓缓松开，他的手指骨节分明，十分好看，他的眼眶微微泛红，最终他站了起来。

"难道你觉得做了那么多，我就该给你好脸色吗？"我看着他的背影，冷冷地说道。

这时，唐莱学姐准备出声，但她还没来得及说话就被成思隼阻止了，他转过身问我："因为那件事？"

我点了点头，双手抱胸，说道："这一点就足够了。"

"麦柒，如果你愿意，我可以照顾你一辈子，可以娶你为妻，可以……"

"够了。"他的话还没说完，就被我打断了，只可惜对于麦柒来说，没有那么多"如果"，我也起身说道，"我不需要那么多'如果'，你的那些补偿都不足以平息我的恨。"

02【有关麦音】

十一月十日，演讲比赛日。

我坐在后台，身穿浅黄色的舞台服，据说这套衣服是根据向日葵设计的，衣摆如同花瓣，十分好看。

我看第一眼的时候就喜欢上了，我对着镜子描了一遍眉，就在这时，唐莱学姐冲进了后台，两步走到我面前，"啪"的一声拍在桌子上。

"麦柒。"她咬牙切齿地说道。

我放下眉笔，对着她挑了挑眉毛，态度很明显。

"成思隼要退出比赛。"她一字一顿地说道。

我微微皱起眉头，心里纵然有无数个问题，我也装得平淡自然，仿佛一点儿也不在乎："和我没关系。"

唐莱学姐的脾气很暴躁，这点我早有体会，她扬起手臂，一副准备打人的模样，可是手臂挥到半空中就停了下来。

她咬了咬牙，对我说道："如果不是因为成思隼，我一定会揍死你。"

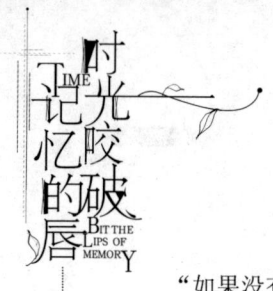

"如果没有他，我也不会认识你。"我不肯吃亏地反击道。

唐莱学姐没有回话，转身往外走去。

我从镜子里看着唐莱学姐离开的身影，不由得想起了她说的话：成思隼要退出比赛。

在比赛开始前，我遇到过成思隼，他穿着修身的正装，红色格子衫和灰色外套很搭，他烫了头发，看起来像明星一样。

"麦柒。"每次都是他主动和我打招呼，这次也是如此，像是忘记了之前所说的话一样，他坐在我身边，递给我一盒喉糖，"一会儿上台前含一片这个，昨天彩排的时候我发现你的嗓子有点儿哑。"

我直接把喉糖还给了他，低头看着自己的演讲稿。昨天彩排结束后，我根据台下导师的意见做了修改，所以这次我需要巩固一下修改的内容。

"麦柒，你的嗓子都哑了。"他皱着眉头看了看被我推回来的喉糖，看到我认真背稿的模样，问道，"你这么拼是为了什么？"

"为了恶心你。"我头也不抬地说道。

成思隼为这次比赛做了很多准备，因为这次比赛会影响到综合学分，如果能把他精心的准备毁了，我会很开心。

成思隼拿着喉糖起身离开了，之后的一个小时内，我没看到成思隼，我想他主动退出是想要成全我吧。

"懦弱。"

我看着镜子里的自己，皱了皱眉头，我宁愿成思隼站在舞台上和我堂堂正正地比一次，也不愿意他这样退出。

他越心甘情愿地退出，我心里就越不舒服。

演讲比赛开始了，我排在第三个。我坐在选手通道旁边的椅子上，独自一人，其他选手身边有朋友或者姐妹相伴。

"如果麦柒在的话就好了。"麦柒在的话，她会像个经纪人一样帮我忙里忙外，操办各种事情。

此时，第二位选手下来了，主持人拿着话筒站在台上说道："往事如沙，岁月如歌，总有些记忆是挥之不去的，下面有请英语系A班的麦柒为我们演讲。"

我脱下外套，一步步走上了台，耀眼的聚光灯照得我一时睁不开眼睛。

不同于昨日彩排，今天台下坐满了人，我拿着话筒，抿了抿嘴，然后说道："各位老师、各位同学好，我是麦柒，今天我给大家带来的演讲有关……"

我站在台上，小腿发抖，可某种力量驱使着我，让我没有退缩。这个时候的我还不知道，在选手通道的那头，成思隼出现了，他也独自一人，没有女生围绕，也没有好友相伴，孤单地站在那里，怔怔地看着我。

03【有关成思隼】

聚光灯下，那个叫麦柒的女孩闪闪发光，就像我第一次见她一样。我是成思隼，一个暗恋者。

"每个男女都会经历很多，但同样会经历的三件事情就是：初恋、变老、长大。有的人对初恋抱着感恩，有的人对初恋恨之入骨。"

麦柒的声音从台上传来，不同于往日，今天的麦柒就像一株向日葵般，迎着光，让人忍不住注视。

成思隼曾无数次注视过麦柒，可除了第一次，没有哪一次再让他有如此心动的感觉，而今天，他又有了这种感觉。

成思隼伸出手，仿佛要将眼前的麦柒握入掌心一般，可是刺目的灯光在他伸出手臂的那一瞬间刺痛了他。

"还是不行。"他低声轻喃。

他无法把眼前的这个人攥入掌心，因为麦柒对他只有恨意。

成思隼从来不是相信命理的人，但是在爱情方面，他觉得上帝跟他开了一个玩笑，这个玩笑大到他想用生命去弥补。

麦柒的声音仿若泉水声源源不断地传来，她的连衣裙随着每一个动作摇摆不定，仿佛向日葵在风中飞舞般。

"初恋是刻骨铭心的，不管是否美好，都要记在心里，因为那是我们青春里必不可少的一个环节。"

麦柒说到最后的时候举起右手，她的右手紧握成拳，在光下宛如一个小太阳，她的话就像印章一样印在成思隼心里。

"麦柒，你也是我的初恋，不管好坏，我都记在了心里。"成思隼看着麦柒，呢喃出声，可惜他微不足道的声音被掌声淹没，谁也没有听到，包括麦柒。

他说："你是我青春里必不可少的那个人，但是抱歉，我没能守护你。"

　　成思隼吐了一口气，转身离开了后台。他沿着选手准备室走着，迎上来的是唐莱学姐，她抓着他的手，问道："你去哪里了？我找了你半天，现在回去准备还来得及，我可以把你调到最后入场。"

　　"不用了。"成思隼摆摆手拒绝了，显得无所谓。

　　"可是你准备了很久……"唐莱学姐的声音越来越小，最后变成了一阵沉默，因为她在成思隼眼里看到了轻描淡写。

　　成思隼扭头看着身后的门，哪怕隔着门，他依然能隐隐听到掌声。这一刻，成思隼想起了麦柒演讲稿里的一句话——初恋是埋葬在土里的一朵花，最终变成什么样谁也不清楚，或许是鸢尾，也有可能是水仙，或者是……罂粟。

　　"唐莱学姐，你觉得我怎么样？"成思隼看着拽着自己衣角不放的学姐，其实他十分清楚学姐的脾性——火爆还有点儿直爽，但是这样的学姐会在他面前扮柔弱。

　　"很好的人。"唐莱学姐不假思索地回答道。

　　这样的回答成思隼听过无数遍，听到想笑，也听到恶心。

　　"学姐，你们应该都很好奇我为什么对麦柒那么好吧？"他说话时已经走出了大厅，外面的天还很蓝，宛如陶瓷人偶的眼睛，"因为只有她敢说我懦弱。"而事实上，他的确是个懦弱的人。

　　跟在他身旁的唐莱学姐松开了手，瞪大眼睛看着成思隼。

　　"学姐，我突然想养花了。"

　　他像是没看到她的表情一样，继续往前走着，慢他半拍的唐莱学姐连忙

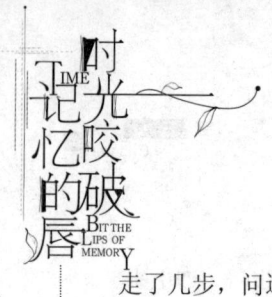

走了几步，问道："养什么花？"

"向日葵。"

就像她一样，兜兜转转，他还是逃不开她的掌心。

　

麦音站在台上，满脸潮红，她下意识地舔了舔嘴唇，干裂的嘴唇有些疼。掌声夹杂着叫好声震得她耳朵嗡嗡直响，她抬头看着聚光灯，恍恍惚惚的感觉让她想起了麦柒。

"麦柒！麦柒！"

……

台下的呐喊声融在光里，让她想起了麦柒离开的理由。

我最亲爱的姐姐，有关六月九日……

　

04【有关麦柒】

麦柒曾在信上写过，那是她这辈子最难忘的日子，人生的两件大事都发生在了那天。

六月九日是高考的最后一天，考试结束后，麦柒应苏媛的邀请，结伴去逛夜市。

麦柒细数整个高中，唯一能称得上朋友的就只有苏媛了。

昏暗的灯光，熙攘的人群，以及各色小吃……那一晚麦柒与苏媛手牵手，手心虽然潮乎乎的，但是她十分开心。

"尝尝这个甘梅地瓜，很好吃。"

苏媛用牙签叉起一根甘梅地瓜塞到麦柒嘴里，她一口，麦柒一口，两个人吃得满嘴油腻腻的。

具体几点，麦柒不记得了，她只记得和苏媛玩到很晚，大概平日里压抑久了，两个姑娘疯起来就不知道姓什么了。

苏媛从街头吃到街尾，喝了好几瓶啤酒，吃到最后，她抱着麦柒又哭又吐，完全醉了。麦柒因为家教很严，从不碰酒，所以吃到最后，她的任务便是送苏媛回家。

麦柒叫了一辆出租车，拉着苏媛上车后，和司机说了苏媛家的地址。车开得很快，苏媛靠在麦柒的身边，口齿不清地说道："麦柒，我们是一辈子的姐妹。"

"嗯，一辈子。"她笑看着靠在自己肩膀上的苏媛。

"拉钩。"

"拉钩。"

车停了，麦柒掏钱付了车费，然后背着苏媛一步一步地回到她家。上楼的时候，苏媛吐了麦柒一身。

呕吐物弄脏了麦柒半张脸，可她没有松开苏媛，爬到了六楼，开门的是苏妈妈。

她又气又无奈地接过苏媛，帮麦柒拿了条毛巾擦脸。

"真是的，你们下次不要再这样了。"苏妈妈絮絮叨叨了半天，才扭头训斥苏媛。

"你别回去了，今晚就在我家住下吧！"从麦柒手里拿过毛巾，苏妈妈

有些真相埋在人心 刺痛你我

下达了命令。

麦柒摇了摇头，拒绝了，她不好意思地说道："我有一些理由必须回家。"

"什么理由？"苏妈妈不禁好奇起来。

麦柒支支吾吾没有说出口，麦家有两个女儿，另一个是与她长得一模一样的妹妹，叫麦音。麦柒不管发生什么事都会回家，因为她知道，如果她彻夜不回，麦音一定会恐慌的。这个从小有轻微自闭症的妹妹，哪怕长大治好了，也让人放心不下。

看得出麦柒不方便说，苏妈妈也没有多问，她拍着麦柒的头问道："你一个人回家行吗？"

"可以的。"麦柒知道苏妈妈的苦衷，苏媛喝醉酒不省人事，她需要陪在自己女儿身边。

麦柒仰着脸，甜甜地笑道："阿姨放心吧，这里离我家不远，不会出什么意外。"

苏妈妈纠结了许久，才点头应允道："你回到家记得给我打个电话。"

"好的。"麦柒转身打开门，说道，"阿姨再见。"

"再见。"

麦柒不知道，她离开后，苏妈妈抱着女儿感慨道："你真的找了一个好朋友。"当她看着弱小的女生背着自己女儿爬到五楼时，已经够惊讶了，可最让人震撼的是，对方脸上、头上都沾着女儿的呕吐物。

每个女孩都爱美，麦柒肯定也不例外，但是她忍受着难闻的味道，忍受着恶心的场景，背着自己的女儿上楼。苏妈妈突然有种心疼的感觉，她拍了拍女儿的脸，说道："下次叫麦柒来我们家吃饭吧！"

"唔……姐妹……一辈子。"迷迷糊糊的苏媛根本不知道发生了什么事，翻了个身继续睡觉。

麦柒看了看手表，时针指在十一点。她看了看右手边的小路，那条路是回家的捷径，平日很少有人走，但是只要步行五分钟就能到家。虽然另一条路也能回家，但是要绕道，起码要走十多分钟。

麦柒理了理连衣裙，埋头进入了夜色。她费劲地走着小路，现在她只想赶快回家，把在学校发生的事情讲给妹妹听。

麦音虽然只比她晚出生一分钟，但是十分聪明，如果不是因为麦音从小得了轻微自闭症，她一定能拿很多奖状回家。

小学还没上一年，麦音就辍学回家了，自闭症让她拒绝和任何人交流。麦柒不止一次看到爸妈充满忧愁的面容，那时她还不大，但为了肩负起姐姐的责任，她每天都会主动找麦音说话，从一开始的拒绝到欣然接受，最后成了习惯。

三年前，她还在上高一，麦音的病痊愈了，那时麦柒兴奋得不得了，她抱着麦音跳了起来。

麦柒呵出一口气，想到麦音的时候，她的嘴角勾起一抹笑容，甜蜜而又开心。然而麦柒不知道，也就是那时，她的人生发生了变化。

"不许动！"一个冷冷的声音在她身后响起，她微微转过头，忍不住战栗了一下。

有些真相埋在人心 刺痛你我

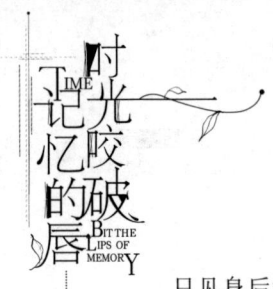

只见身后站着四个和她差不多大的男生，靠她最近的男生拿着刀抵在她腰上。

麦柒学着电视剧里的女生那样举着双手，表示投降，说道："我没钱。"她的声音很小，她真的没钱，所有的钱都花在了和苏媛吃喝玩乐上。

那四个男生哈哈大笑起来，离她最近的男生一把扳过她的肩膀，上下打量她的同时，不怀好意地笑着问身旁的人："就她吧？"

其他男生点点头，开始向她靠拢。

"你们要干什么？"麦柒本能地往后退了一步，然而下一秒她就被人压在了地上。

惊恐的麦柒用手臂挡着他们，可无奈对方是男生，还仗着人多。

"哈哈，挡什么挡，你不是想知道要干什么吗？"男生笑着拽她，像是要将她四分五裂一般。

麦柒从未这么怕过，哪怕同学欺负她、骂她，她都没有这么恐慌过。相比现在，之前的欺凌都像是过家家一般。

"救命！不要……不要靠近我，救命！"她哭了起来，那个被同学欺负都没哭过的麦柒，这一刻像个孩子一样，拼命阻挡对方的同时，带着凄惨的哭声求救。

"别喊了，这里没人来的。"男生们笑着告诉她，话音刚落，一个人影出现在了路上。不算宽的小路上只有他们几个人，所以多出来的人显得十分扎眼。

麦柒梨花带雨地哭着，她看着出现的人，眼睛一亮，大声喊道："成思

隼，救我……"

"闭嘴！"压在她身上的男生转身甩了她一巴掌，发出了清脆的"啪"声。

成思隼看着眼前凌乱的场景，不由得和某些犯罪场景联系到了一起。他不是小孩子了，很多事情他都明白。

"你……你们放开她。"他出声的时候才发现自己结巴得厉害，他如英雄般的呵斥到了这几个男生的耳中却变成了笑话。

"小子，你说这句话的时候是不是没经过大脑？"

"抖得跟帕金森病人一样，就不要英雄救美了。"

男生们毫不客气地嘲笑他，而之前拿着刀的男生站起来，往成思隼的方向走去，说道："一看就知道你是个乖孩子，喂，你连打架都不会吧？"

男生走过去，晃了晃刀。

单单是刀上反射出来的光就让成思隼害怕极了，他往后退了几步，男生看他后退，直接将他踹倒在地上。

一脚踹在他肚子上，让他跌到在地上动弹不得，男生命令道："不许抬头。"

他立刻缩着身子低着头，瑟瑟发抖。

"哈哈，你们看……这小子尿了。"拿着刀的男生突然指着他哈哈大笑起来，挑了挑眉，对他说道，"小子，我给你两个选择。"

"第一个选择就是自己滚。"男生清了清嗓子，笑道，"第二个选择就是让我们揍到你滚。"

成思隼看向同样倒在地上的麦柒，此时她衣衫不整，哭哭啼啼地看着他，眼里满是焦急和无助。

他低着头避开了麦柒的目光，此时他根本不敢出声。

"不说话？不说话就是让我们揍了？"站在他旁边的男生立刻招呼其他男生，几个人围着他开始拳打脚踢。

他不知道有多少人在打他，只知道全身像是散架了一般疼，血混着沙子留在齿间，胃里更是翻江倒海，仿佛要把隔夜的饭都吐出来一样。

他听着骂声还有麦柒的哭声，他的手指被人踩住了，骨节像是断裂了一样。

"啊！"他发出一声低吼，但是无论他怎么呐喊都没有用。成思隼觉得自己死了又被人打活了，如此反复，疼痛无比。

"我……"他的声音小了不少，在他出声的那一刻，麦柒停止了哭泣，就连周围的呼吸声都减轻了不少。

"我……走……"

他做出了选择，麦柒发出了尖锐的叫声，由于过急，她咳嗽起来，大声问他："你要走？你要丢下我离开？"

成思隼没有回复她，他拼尽全力跑起来，他已经没有力气和那些人叫板了。他转身的时候特意避开了麦柒的目光，他怕自己一旦触上对方的目光就会崩溃。

然而在他离开的那一瞬间，麦柒崩溃了，她连求救反抗的力气都没了，她像个木偶一样躺在地上，绝望地闭上了眼睛。

如果可以，她想死掉。

男生们对这个结果满意极了，带着刀的男生像老大一样，随便指着其中一个男生说道："你闭什么眼睛？你以为闭上眼睛就打不着那小子了吗？算了，看着你就晦气，你去下面守着，如果有人来了，就通知我们。"

"好。"男生回答得很慢，声音很小，宛如逃跑般往下面跑去。

麦柒不知道一切是什么时候结束的，但是当她起身抱住自己的衣服时，眼泪不由自主地流了下来。她咬破了嘴唇，血滴在地上。

她默默地穿上衣服，慢慢地往回走，一步一个脚印，走得十分慢，她觉得眼前的路黑极了。

成思隼的到来给了她希望，可是他抛弃了她，对她来说唯一的救命稻草也没了。

回到家的麦柒立刻躲进了自己的房间，就连麦音也不知她在房间里哭了好久。

那天，她用疲倦的声音拒绝和麦音洗澡，她觉得自己脏死了。

"如果可以死就好了。"她看着镜子里的自己，忍不住想起了成思隼，哪怕到了最后，她都忘不了成思隼狼狈的那一瞬间。

他要走，他要离开。

当晚麦柒蹲在床边，捂着嘴，低声哭泣的同时写下了一封信。她将写好的信放在床边，然后选择了离开。

她忍着痛，咬着唇，视线一点点模糊。

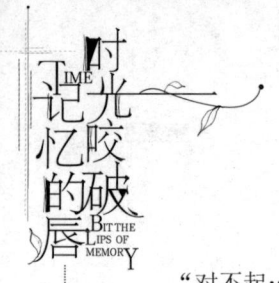

"对不起……"

对不起，爸爸妈妈，对不起，麦音。

她闭上眼睛，眼泪却顺着脸庞和血混在了一起。

麦音找到麦柒是隔日，她抱着大熊玩偶和往常一样叫姐姐起床，然而这时面对自己的不是赖床的姐姐，而是一具冰冷的尸体。

麦音的玩偶掉在了地上，与干涸的血碰在一起。

"姐姐？"

她瞪大眼睛，眼里瞬间失去了所有的光彩。她一眼看到了麦柒身旁的信。

那个早上，陪伴麦音的不是姐姐，而是她留下的遗书。

洁白的信纸上，娟秀的字迹混着泪痕为她讲述了前因后果，而信上提到最多的名字就是成思隼，这是麦音对成思隼的第一印象——见死不救的小人。

六月十日对于麦音来说是个极其重要的日子，她永远忘不了晨光下的姐姐，穿着和她一样的蕾丝睡衣，毫无血色的嘴唇与惨白的脸庞相互映衬，泪痕留在她脸上，平日里弯弯的眉眼在这一刻变成了褶皱。

麦柒带着伤痛的表情刻在了麦音的心里。

她曾想，麦柒到底背负了多大的痛苦，才能在死时露出这样的表情。她将麦柒的信叠好放在了口袋里，她擦了擦脸上的眼泪，像是往日一样牵着姐姐的手，一起看着初升的太阳。

姐姐的手从没这么冰凉过，像是对这个世界绝望了一样。

"姐姐，那些人欠你的，我会替你讨回来。"麦音的声音有些沙哑，每牵动一下嗓子都会痛得要命，但她还是一遍遍地说出来，她多么希望姐姐能起来和她说话，可事实是不可能。

麦音抿着嘴站起来，走到爸妈的房间外，深吸了一口气，敲了敲门。

"砰砰砰！"有节奏感的敲门声吵醒了麦爸麦妈。

开门的是麦爸爸，他睡眼惺忪地看着眼前的女儿，却分不清是麦柒还是麦音。两个女儿的感情极好，从小穿一样的衣服，用一样的东西，哪怕说话也会异口同声。

"妹妹……妹妹她……"麦音低着头，瘦弱的肩膀不断抽动，食指指着麦柒的房间。

麦柒是姐姐，麦音是妹妹，所以麦爸爸认为站在他面前的是麦柒。他揉了揉麦音的头发，安慰道："麦柒别哭，麦音怎么了？"

麦爸爸叹了口气，如果这时候站在自己面前的是麦音就好了。在麦爸爸的印象中，麦音和麦柒最大的区别就是性格，麦柒的性格软弱、听话，时不时会露出女生的哭态，而麦音的性格极端坚强，哪怕哭也要偷偷地哭。

"她……不行了。"麦音拽着麦爸爸的手，努力拉着他到了麦柒的房间，"昨晚妹妹要和我换房间睡，我同意了，早上来的时候……"

说话间，他们已经到了房门口，麦爸爸看着倒在地上的女儿，一时发不出声音。自己可爱的女儿倒在地上，一旁是毛茸茸的玩具熊，那是麦音最爱的玩偶。

"怎么办？怎么办？"麦音学着麦柒的语调，扯着麦爸爸的衣服不断追问。

麦爸爸立刻捂住麦音的眼睛，轻声说道："麦柒乖，去叫妈妈过来……"

他不知道麦音在转身时停止了哭泣，她的面色十分阴沉。

"我就是麦柒。"那个时候麦音低喃道。

麦音将信的事情隐瞒下来，当天她像极了麦柒，在爸妈之间周旋，不曾被发现。虽然爸爸妈妈很爱她们，但是并不了解她们，再加上麦音和麦柒是孪生姐妹，很多时候两个人的爱好、打扮都很接近，对麦音来说，麦柒就像另一个自己。

而且在她决定报仇的那一刻，她就已经不是麦音了，她曾对入土的麦柒说过："麦柒吞噬了麦音。"

所以留在世界上的人是麦柒，她要用麦柒的身份找到所有伤害她的人，一个也不放过。然而她瞒过了所有人，却没能瞒过苏媛。苏媛太了解麦柒了，某种角度来说，苏媛比麦音更了解麦柒，所以她成了麦音唯一的战友。

六月十日之后，成思隼印在了麦音的心里。

第四章

Chapter 04

唇　亡　齿　寒　　　骨　肉　相　连

01【有关麦音】

十二月初，冷空气的降临使得昼夜温差变大，班上陆陆续续有人感冒。有段时间，我的抽屉里总是莫名多出板蓝根或感冒颗粒这种预防感冒的药。起初我以为是成思隼送的，但后来发现不是他，因为那段时间里成思隼刚好因病请假了。好奇心作祟，我假装没有看到那些药并佯装感冒，在教室里频频咳嗽想引起放药人的注意，没想到第二天早晨，那个人便主动出现了。

空荡荡的教室里只有我和岳鑫，他有点儿不自然地挠了挠头，说道："麦柒，你今天来得真早。"

"咯咯……"我特意咳了两下，没有回应他。

"那个……麦同学，你是不是感冒了？"他皱着眉头问道。

我点点头，说道："是的。"

岳鑫有些疑惑，小声嘀咕道："明明……"

"明明你送了预防感冒的药给我，我怎么还感冒了，是不是想问这个？"我轻声叹了一口气，接着说道，"因为我根本没吃。"

岳鑫纳闷地问道："为什么？"

"为什么你要把药放在我的抽屉里？"我反问道。

岳鑫咬咬牙，说道："那个……最近感冒的人很多，为了防止你感冒，我才把药放到你的抽屉里。"

"为什么是我？"论交情，我和岳鑫并没有熟到那个份上，最多只是说过话，相比其他人我能记住岳鑫这个名字而已。

"我看得出麦同学不太会照顾自己。"他扶了扶眼镜，低声说道，"再怎么说我也是班长。"

"谢谢。"我不习惯跟别人说这些客套话，但是我知道岳鑫没有恶意，我的性格很敏感，对于别人不分好坏的接近，我都会带着警惕心。

"不，不用和我道谢。"他放下板蓝根，然后说道，"麦同学，恭喜你。"

"恭喜？"这个词语对我来说十分陌生，从小到大没有人对我说过"恭喜"二字。

"你演讲比赛不是第一名吗？"他摸了摸鼻子，笑着说道，"我当时去听了，真的很棒。"

我记起了上个月的演讲比赛，比赛结果是在十二月一日公布的，我以高分得到第一。那天我在宣传栏前伫立了好久，十几年来，我上学的日子不超过十天，而这是我第一次得奖，颁奖仪式很简单，只有一个烫金边的证书。

然而演讲比赛结束后，我不是最受欢迎的那个人，班上没有人注意我，更多人围着成思隼，不少人惋惜地对他说："你怎么没参加比赛？我还期待了很久。"

"因为一些特殊原因耽误了。"演讲比赛之后，成思隼像是变了，又像

没变，他说话时抬头看了看我，随后扭过头继续和其他人调侃。

"麦同学？"

岳鑫的声音让我回过神来，我冷冷地看着他，重复道："谢谢你的恭喜。"

岳鑫挠挠头，笑了起来。

当天下午，我在回宿舍的路上接到了苏媛的电话，她的声音还是充满活力，带着笑意说道："听说你得奖了。"

"消息传得真快。"我感慨道。

"我刷你们学校BBS论坛时看到的，你真是的，也不告诉我一声。"听着她的声音，我仿佛看到了她翻白眼的模样。

"嗯，忘了。"我笑着回应道。

"讨厌！"虽然她这么说，但隐隐能听见她在电话那头的笑声，"你猜我在哪里？"

"哪里？"

"你猜。"

"不知道。"

我老老实实地回答，换来了苏媛的一阵沉默，她说道："跟你说话真没意思。"

"我在你们学校门口。"她说话的同时，我在校门口看到了她，她穿着一身白兔卫衣，摇晃着手臂，长发盘在脑后。

看到我的那一刻，她挂了电话，走到我面前，轻轻地抱着我，说道：

"麦柒，恭喜你。"

"嗯。"我愣了一下，反应慢半拍地抱了抱她，"谢谢，你怎么来了？"

"我知道这是你第一次得奖，所以特地跑来给你庆祝啊！"她笑嘻嘻地松开手臂，哪怕只是一瞬间，我依旧在她眼里看到了失落。

苏媛知道我不是麦柒，但她偶尔会把我当作麦柒，会和我说一些亲密的话语，会抱着我，像对待麦柒那样对待我。

可是每次我都无法像麦柒那样回应她，不是我做不到，而是我不想这么做，毕竟她是唯一一个知道我是麦音的人。

"走吧！我订了饭店，今晚不醉不归。"她抱着我说道。

"嗯，不醉不归。"我应道。

苏媛订的饭店在学校不远处，虽然没有五星级饭店那种高档的感觉，但是很有特色，是一家苗族饭店，装修风格偏自然绿。

苏媛订了一个小包间，她点的都是麦柒最爱吃的菜，所幸我和麦柒在口味上出奇的相似。

"对了，最近也没听你说成思隼的事情，你们相处得怎么样了？"她拧开了一瓶啤酒，黄色的气泡在杯子里打转。

我答道："和以前没区别。"

"我刷论坛的时候看到他也参加了比赛，可是后来弃权了。"苏媛淡淡地看着我，仿佛要把我看穿一般。

唇亡齿寒 骨肉相连

075

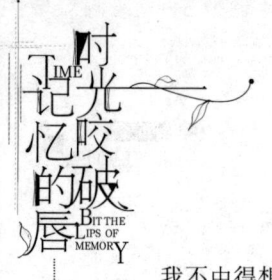

我不由得想到了成思隼之前说过的话，他曾说过送我去医院的是他。

"我不太清楚他弃权的理由。"我夹了一块叶香排骨说道，"但是在比赛前，我和他谈了一次话。"

"呃？谈了什么？"

苏媛露出了感兴趣的神色，但她没有注意到我说这句话的时候有一丝犹豫，我说："他告诉我，是他送我去的医院。"

苏媛愣了愣，没有回答我。

"我记得之前你说过送我去医院的是岳鑫。"我之所以不去问岳鑫，是因为没必要，因为岳鑫不会莫名对我撒谎，所以我觉得问题应该出在苏媛身上。虽然我曾一直告诉自己不可以去怀疑苏媛，可是心里忍不住……

"是我让岳鑫撒谎的。"她听得懂我这句话的意思，也就大大方方地承认了，"你好奇为什么吗？"

我点了点头。

"是成思隼送你去医院的。"她喝了一大口啤酒，脸立刻变红，苏媛是一喝酒就脸红的那种人，她说，"当我在医院看到他的时候，就把他赶走了，我不想让你知道是他送你来的。"

"为什么？"

"我怕你有心理负担。"苏媛勾了勾嘴角，"他这样算得上是你的救命恩人了。"

"哈哈！"我冷冷地笑起来，拿起她旁边的啤酒瓶往自己的酒杯里倒了一杯酒，对苏媛说，"记住，不管成思隼对我多好，我都不会忘记他对麦柒做过的事情。"

仅凭这一点，我就无法原谅他，一辈子都无法原谅。

苏媛沉默了三秒，举杯和我的杯子碰了一下，低着头说道："说到做到。"

"说到做到。"

那个时候我不知道，最终我做到了，却后悔了。

02【有关麦音】

自从那次饭局之后，苏媛很长一段时间都没有联系我，而我也没有主动联系她。

不知不觉十二月过了一大半，那次岳鑫被我抓包后，就再也没有往我的抽屉里放过预防感冒的药，同学之间讨论的话题也从流行感冒变成了买车票。春节临近，寒假也快到了，随之而来的是各种考试，寒假前夕，教室里的人变得多起来，时常满座。

也就在那天，学校不知道出了什么意外，全校停电一天，临近晚自习的时候，班上的同学开始提议玩真心话与大冒险。

大概大家都很无聊，响应这个提议的人越来越多，最后全班同学开始搬椅子、桌子，将教室腾出一片空地，我们所有人围成一圈，开始抽牌。由于人多，我们选用抽扑克牌的方式，抽到小王的人选择真心话或者大冒险，抓到大王的人负责出题。

我夹在两个不知名的同学之间，由于响应的人多了，我也从没玩过这个

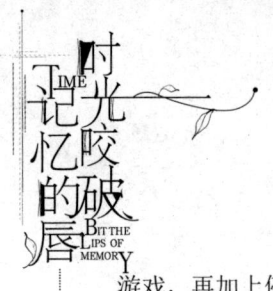

游戏，再加上停电的原因，我反常地选择留下来一起玩。

一圈下来，岳鑫中彩，他看着自己手里的牌，扶着眼镜苦笑道："我是小王。"

坐在我身旁的女生抽到了大王，她问岳鑫："选择真心话还是大冒险？"

"真心话。"岳鑫表现得很淡定。

女生看了看岳鑫，皱了皱眉头，显然对岳鑫一点儿兴趣也没有，就连问问题都显得很随便："你以前有没有做过什么伤天害理的事情？"

烛光下，岳鑫的脸色猛地变了，他慌慌张张地扶住眼镜，结结巴巴地说道："怎么……可能有？当然没有。"

女生嘟囔道："没有就没有，紧张什么。"

她边说边洗牌，开始下一轮。

我若有所思地看了看岳鑫，然后抽了一张牌，结果这次我抽了大王。

"大王。"牌还没分完，我就率先报出了自己的牌，瞬间气氛变得紧张起来，不少人偷偷看向了成思隼，他倒是很淡定地抽着牌。

"小王。"成思隼笑了笑，模样十分淡定，仿佛他一早就做好了准备，"我选真心话。"

我下意识地攥紧手中的牌，当着众人的面问道："你做过的最后悔的一件事情是什么？"他刚准备说，我又冷冷地补充了一句，"我要实话。"

他摸了摸鼻子，回答道："我最后悔的事情是，那年暑假我最喜欢的女生被混混非礼了。"他顿了顿，深深地看着我，"但当时我太害怕了，再加上对方人多势众，所以我逃跑了。"

此时，周围的同学纷纷倒吸了一口气。

成思隼把牌放在桌上，出声说道："这就是我最后悔的事情。"他用几句话将一切轻描淡写，可眼里带着悲伤。

我咬着唇看着他，问道："你是真的后悔吗？"

"真的。"他低着头，我看不清他的表情，"其实我后来回去了，准备救她，可是当我回去的时候，那里空荡荡的，一个人都没有。"

"呵，真搞笑。"扑克牌把我的手心勒出一道痕，我看着他说道，"你是真的回去救她，还是当着这么多人的面给自己一个台阶下？"

"真的。"他还是没有抬头，他的背微微拱起，不断重复那两个字，"真的。"

"好，既然你说是真的，那么我问你，你是在××学校上的高中吧？"

他点了点头，表示同意。

我继续说道："可我记得事发地点不在那里，无缘无故的，你为什么会出现在那里？"

这也是我之前一直好奇的问题，但有一点我可以肯定，成思隼和那些非礼麦柒的混混不是一伙的。

这一次成思隼不再说话，他抬起头看着我，眼底的悲伤浓了不少。

"怎么不说话了？"我冷笑道，不把他悲伤的眼神放在眼里，"是不是编不下去了？"

"不是……我说的都是真的。"成思隼的声音不大，但是落在安静的教

室里十分清晰。

"我不信。"因为我太用力，纸牌把我的手心割破了，血染在了纸牌上，"小人，别想为自己找借口。"

"够了！"打断我的是姚菲菲，她站起来，脸上带着怒意，挡在成思隼前面，皱着眉头说道，"我不知道你是怎么知道得这么详细的，我也不知道思隼喜欢的那个女生和你是什么关系，但是事情已经过去了。"

"过去又怎么样？"我看着姚菲菲，问道，"过去就可以装作不知道，装作什么事也没发生，开开心心地过未来的日子吗？"

"可非礼她的人又不是思隼，他离开也是情有可原的。"姚菲菲据理力争。

"那是因为被非礼的人不是你。"我毫不客气地指着她说道，"对于那个女孩来说，当时的成思隼是唯一的救命稻草，但是他放弃了她。"

姚菲菲刚准备开口，成思隼立刻拽住了她，开口道："对不起，是我放弃了她，这一点我不会否认。"

看到他如此坦白，我一时说不出话，而姚菲菲生怕我会再说什么，立刻拽着成思隼说道："我们回去吧，晚自习已经结束了，再晚回去又要排队等热水了。"

她的话就像警钟，其他人一边说着各种理由，一边掉头离开，显然在这种压抑的气氛里，谁也没有心思继续玩了。

我是最后一个离开的，我坐在原地，身旁的蜡烛很多都没有燃尽。谁也不知道我蜷缩在地上，摸着脖子上的福袋，一闭眼，浮现在脑海里的便是姐姐娟秀的字体。

她说，在成思隼离开的那一瞬间，她绝望了。

03【有关麦音】

我不知道自己从教室里出来时是几点，安静的楼梯间回荡着我一个人的脚步声，莫名地让我安心。

我走到楼下，看到了成思隼。

月光洒在地上，柔和的光将他笼罩起来，他双手插兜，抬头看着我，如黑曜石般的眼里映着我的身影。

"麦柒。"他叫住了我。

我顿了顿，看样子他已等候我多时了。我没有理会他，继续下楼梯，直到走到他面前时，他才迈出一步，挡住了我的去路，说道："麦柒，我有话想和你说。"

"我不想听。"我很干脆地拒绝了。

如果以往我拒绝，成思隼一定会放我离开，因为他不会强迫我做什么。然而这次不同，他没有移开，依旧挡着我的路说道："麦柒，这些话我必须要和你说。"

"说什么？说你是无辜的？"我好笑地看着他，"或许你觉得自己无罪，可是躺在地上的我……你知道我有多绝望吗？"

他低着头，伸过手来想要拉住我，可是我后退着躲开了他的手。我皱起眉头，再次说道："别让我重复第二遍，我不想听。"

他往前走了几步，趁着我说话的工夫，一把抱住了我。他垂着头，靠在我的肩膀上，声音依旧很轻缓："麦柒，这样你就逃不掉了，就必须听我说了。"

"滚开！"除了家人，我从没被男生抱过，所以当他贴过来时，我整个人像被电击了一样，酥酥麻麻的。

他抱着我不肯松手，说道："你听我说……"

"闭嘴！"我皱着眉头用力推开他，可是男生的力气比女生大，他抱着我，任凭我怎么打他，他都不肯松手。

最后我打累了，也放弃了推开他，我垂下手臂说道："你说吧！"我无可奈何地妥协了，一点儿也不像自己了。

"我真的回来过。"他的手臂带着热度，触碰在我的胳膊上，将我圈在他的怀里，他的声音在我的耳旁响起，"高考结束后，我立刻坐上了去市中心的大巴。你也知道大巴平时到达市中心要两个多小时，但是那天大巴中途抛锚，所以耽误了很长时间，导致我到市中心是在十点后，我一点儿也不敢耽搁，直奔你家的方向……"

"你找我做什么？"我冷冷地问道，只是我并未察觉到自己的语气比平日多了一丝柔和。

"麦柒。"他叫着姐姐的名字，却紧紧地抱着我说道，"我想告诉你，其实……我还是喜欢你，哪怕因为你的关系我被学校开除了，因为你的关系我成了很多人眼里的坏孩子……可我就是喜欢你，我想跟你和好，哪怕无法让你喜欢我，哪怕做朋友也好。"

哪怕无法让你喜欢我，哪怕做朋友也好……

我张着嘴，看着头顶上的天花板，无数恶毒的话从我的脑海里闪过，可是我一句话也说不出来。

"麦柒，我真的回去过，我连滚带爬地走了好久，血汗染遍了整件衣服，我几乎是爬着上的那个小土坡……你还记得你家前面那条小路的小土坡吗？"

我咬了咬嘴唇，咬破了干裂的嘴皮，我听到自己用沙哑的声音对他说道："记得。"

那个小土坡离我家不远，姐姐出事后我曾去那里看过。土坡不大，也不陡，是个很普通的土坡，可就在土坡的另一头，麦柒出事了。

"平常我只要用一只脚就能爬上去了。"他动了动身子，头发拂过我的脸颊，发出轻微的摩擦声，"可是那一天，我却花了好久才上去，当时我明明已经没有力气了，却还是用尽力气往上爬。我记得我的手插在土里，小沙砾硌得我很疼，可我当时顾不上……"他的话说了一半，没有接下去，当我准备开口问他时，他却继续说道，"麦柒，我并没有想要抛弃你，所以求你了，不要绝望。"

他说这句话时发出了呜咽声，冰凉的液体从脖颈流入衣服，他抱着我，头埋在我的脖颈里不愿抬起。

他哭了，成思隼哭了……

尽管他把哭声压得很低，可眼泪骗不了人，他的眼泪沾湿了我的衣服，也触动了我的心。这几个月里，我对他的讽刺绝不少，明着的、暗着的，他

唇
亡齿寒　骨肉相连

083

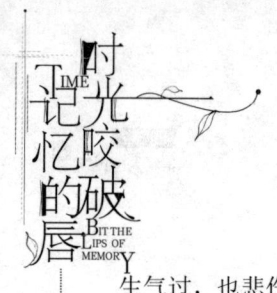

生气过，也悲伤不语过，但从没有哭过。

我的心随着他的眼泪微微战栗，尽管我一再告诉自己要漠然，可我的心忍不住动摇了。

"你的话说完了？"最终，我说出了毫不相干的话。

他点了点头，松开了我，在松手的那一瞬间，他立刻转过身。我不知道他为什么哭，也没能看清他的神情，但是对于他说的话，我忍不住想要相信，尽管这个想法只维持了一瞬间。

"成思隼，我……没事了。"我本来想说"我还是不会信你"这种话，但是看到他的那一瞬间，我改变了心意。

我说完，也不管他听没听到，就往外走。这一次他没有拦我，从教学楼到宿舍距离不远，此时已晚，白天喧闹的学校在此刻变得安静下来。

我走到宿舍楼时，手机响了，我拿出手机时才发现自己的手抖得厉害，我用左手握住右手，接听了电话。

"麦音。"电话那头传来苏媛的声音。

"嗯？"我尽量保持平静。

"没什么……只是突然想你了。"她在电话那头重重地吐气，可我知道她想的人不是我，她一直以来想念的人是麦柒，我在苏媛眼里更像是姐姐的替代品。

"你怎么了？"

"没什么。"苏媛在电话那头发出了轻微的呼吸声，"我刚刚做了一个梦。"她说这句话的时候显得很犹豫，"我梦见你突然告诉我你不恨成思隼了。"

我的呼吸一滞，像是被人看穿了一样。

"你……不会恨他了吗？"苏媛像是求证一样问我。

"怎么会？"我轻声安慰她，"我永远都不会忘记是谁害死了我姐姐。"哪怕那个时候成思隼救不了她，但当时只要他选择留下，麦柒就算真的会受伤，也不会到结束生命的程度，麦柒是因为绝望才离开的。

"嗯。"得到了我的安慰后，苏媛沉默了几秒，"麦音，你一定会替麦柒报仇的，是吗？"

"是的。"

"我相信你。"苏媛郑重地对我说出了这句话，宛如麦柒出事后我与她见面时那样。

在麦柒死后，我去见过苏媛，刚开始我很努力地扮演麦柒，苏媛虽然有些疑惑我的异样和记忆衔接问题，但没有怀疑过我。

直到那一天，我问起了成思隼，苏媛立刻察觉到了异常，她和其他人不一样，她知道麦音的存在，几番测试下来，她对我不是麦柒这件事确信无疑。

"你是麦音，不是麦柒。"她如此说着，嘴角忍不住颤抖，"难道……死的人是麦柒？"她也知道我家死了人的事情。

我知道这个时候自己再怎么否认也没用，我迟疑了几秒，点了点头，苏媛立刻跌坐在地上。

"麦柒……麦柒……"她哭也哭不出来，整个人仿佛陷入了黑暗中。

我走过去，轻轻地解开福袋，将里面的信给了她。那个下午，她花了整整一下午看完了那封信，我不知道她看了多少遍，只知道那晚她郑重地问我："你为什么用麦柒的身份活着？"

"因为我要报仇。"我握着信对苏媛说道。

那个时候，苏媛握着我的手，告诉我："那么，从今天起你就是麦柒，我的好姐妹麦柒。"

在那之后，苏媛帮了我很多忙，帮我圆了很多谎，虽然她一直都陪在我身边，心却从没离开过麦柒。

我挂了电话，回到了宿舍，和苏媛打完电话后手机自动关机了，今天学校停电，也无法充电，我躺在床上，脑子一片混沌。苏媛的声音和成思隼的哭泣声交织在一起，像是要把我撕开一样。

04【有关麦音】

深夜一点半我又醒了，之所以说"又"，是因为在这之前我醒来了好几次。我起身靠着窗户坐下，因为是冬天，夜晚显得十分亮堂。

我解开脖子上的福袋，再次拿出那封信，信里多次提到"成思隼"这个名字，我不禁想起了成思隼说的话。

他说他曾回来过，可是我不信。

我想如果麦柒还活着，她也不会信吧，毕竟是他把她对这个世界的那点儿希望毁灭的。

我重新把信折好放回福袋里，偶尔在夜深人静的时候，我就会这样重复看着姐姐的信，几个月下来，信里的每句话我都能一字不落地背出来。

"姐姐……"

我摸着福袋，想起的却是成思隼抱着我辩解的场景，这一刻我心里泛起莫名的感觉，这种感觉让我难受，甚至想要舍弃。

大概是晚上老醒来的原因，第二天我起得很晚，所幸停电只停一天，我拿出手机，一边充电一边看了看时间，现在是上午十点半。

我洗了把脸，换上了新外套，窗外的阳光很好，冬天很少能看到烈阳，然而今天就是。手机没充到百分之十就被我拿走了，现在我真的很饿。

中午食堂的人总是很多，虽然我不觉得食堂的饭菜有多好吃，但贵在便宜，味道也不算差得离谱，因此人总是很多。

我挤出人群时，食堂的饭桌早已没有空位，很多人都是和不认识的同学坐在一起。

一圈下来，我只找到了一个空位，且旁边坐着岳鑫。

我之所以一眼看到了岳鑫，原因是跟他坐在一起的那三个男生看起来太过嚣张了，脚放在桌上不说，还抽着烟，最抢眼的莫过于他们三个人染的绿色头发。

我端着饭菜朝岳鑫那里走去，没办法，除了那里没有一个空位。

当我拉开椅子坐下时，岳鑫抬起头，看到是我后，眼里闪过一丝愕然。随后他看了看周围，没有发现空位后，才拘谨地跟我打了个招呼。

我漠然地点了点头，在我的印象里，岳鑫不是一个拘谨的人，最开始我不知道他拘谨的原因，但接下来我就明白了。

"这是你的朋友？"离我较远的男生眯着眼睛问岳鑫，在我的印象里，岳鑫一直都是乖学生，一般他交往的朋友都跟他一样带着一股文艺范儿，但是眼前这三个人明显不同。

我抬头看了看岳鑫，又看了看问话的男生，当我扭过头与离我最近的男生对视时，他的脸上露出了诧异的表情。

"砰！"那个男生的筷子掉在了地上，他慌慌张张地捡起筷子后，又险些把身旁男生的筷子碰倒。

"喂，你在干什么？"他身边的同伴不悦地问道。

此时，岳鑫有些奇怪地看着那个男生，问道："范学长，怎么了？"

"没……没什么。"他吐了一口气，没有看我，转过头和他的同伴小声说着什么。

我皱了皱眉头，没有说话。

"麦柒，这是大我们一届的学长。"岳鑫如此说着，介绍着我，"这位是麦柒，我的同班同学。"

如果换成别的学妹，就会装可爱地说声"学长好"，但是我不会，我没有那个习惯，也从来不把这些人当作学长看。

我本以为我会被这几个学长教训，但是这几个学长根本没在意我叫没叫他们，反倒凑在一起窃窃私语起来。

岳鑫看我们双方都没有说话的意思，于是尴尬地笑了笑，转移了话题：

"今天第一节课是外教的课，我看你好像没来。"

"嗯，因为没起来。"我漫不经心地回答道，低头戳着西兰花。

岳鑫点点头，气氛一下子安静下来，食堂里充斥着交谈声，我就像无视了所有人一样埋头吃饭。

几个学长也不知道说了什么，过了好一会儿，其中一个站起来收拾盘子，同时说道："我们吃好了。"

吃好了？我看了看他们餐盘里满满的菜，微微皱眉，却没有说话。几个学长的速度很快，收拾好后，他们立刻离开了食堂，其中一个边跑还边往我这边看。

我摸了摸下巴，问身旁的岳鑫："我看起来很恐怖吗？"

"不是，他们这么着急回去，应该是有事吧！"岳鑫也觉得这个理由有些牵强，但是他实在想不出其他理由。他看了看我，皱着眉头像是在想什么。

我没有理他，默默地吃着饭。我吃得很快，当我吃完后，岳鑫也刚刚吃完，我们结伴从食堂出来。

"我一直以为你是个很听话的人，交友也是……"我一直以为他是个乖宝宝。

"那些学长还是很好的。"他笑着解释道，"虽然看起来很嚣张。"

我点点头，我本来就不喜欢说别人是非。快到教室的时候，岳鑫收到了一条短信，他快速看了一眼短信，对我说道："我还有事情要办，先不和你回去了。"

我点点头，对我来说，自己走和一起走没什么区别。

我上午没来，下午一出现在教室，看到的第一个人就是成思隼。他坐在椅子上，桌上摆着一株向日葵，鹅黄色的花瓣在阳光下十分好看。

此时还是饭点，教室里只有我和成思隼两个人，我皱了皱眉头，选择了一个距离成思隼比较远的位子。

他看到我的时候避开了我的目光，教室里陷入静谧，直到其他人来，教室里才传来对话声。

"成思隼，这是你买的向日葵吗？"说这句话的是姚菲菲，她是在我之后到的，一来就忽略了我的存在。我想，在她的世界里，我已经成了一团马赛克。

"我买的成品苗，养了一个月。"他小心翼翼地擦拭着每一片叶子，动作十分轻柔。

姚菲菲坐在他对面，双手托腮，看着成思隼，说道："思隼，向日葵如果结了种子，你分我一点儿吧！"

她看到成思隼看向自己，立刻露出大大的笑容，说道："我也想养。"

"我可以帮你去买一株成品苗。"他低下头，继续说道，"可无法给你种子，这朵向日葵是特别的。"

"特别的？"

"为了纪念一个人。"

不知道为什么，成思隼说完这句话，我的心莫名地跳了一下。我不由得把目光投向了那朵向日葵，就像演讲比赛那天我穿的连衣裙。

大概察觉到了什么，姚菲菲立刻转移了话题，说道："那么成品苗的事情就拜托你了。"

"好的，到时候挑好了，我先给你看照片。"

姚菲菲点点头，然后直奔主题："思隼，那件事情你考虑得怎么样了？"

成思隼的动作停住了，他摇了摇头，小声说道："抱歉，我觉得我们更适合做朋友。"

"为什么？"

"不为什么。"

姚菲菲看向我，问道："是因为麦柒吗？"

"不关她的事。"成思隼抬起头看着她，"我只是觉得你只能做朋友，不适合做恋人。"

姚菲菲突然沉默了，她把目光重新投到成思隼身上，说道："之前唐莱学姐找过我，她说她谈恋爱了。当时我不理解，那么喜欢你的唐莱学姐为什么会放弃你，不过现在我知道了。"姚菲菲看着成思隼，无奈地说道，"因为你这里住着一个人，你从一开始就把我们所有人拦在外面了。"她说着，指了指自己的胸口。

"对不起。"他依旧只有这三个字可以说。

姚菲菲晃了晃脑袋，起身说道："现在离上课还早，你没吃饭吧？我去帮你买点儿吃的。"说完，她不等成思隼叫她就离开了。

我自始至终以一个局外人的身份看着刚刚发生的一切，在姚菲菲看向我

的那一刻，我的心莫名地跳个不停。

我知道成思隼喜欢的人是麦柒，姚菲菲没猜错。

"为什么？"我率先问道，"为什么不告诉她就是因为我？"

"没什么。"他看了看我，重新摆弄那盆向日葵，"麦柒，忘掉我昨晚说的话吧！"

我皱了皱眉头，表示不理解。

"我觉得你说得对，我的确是个小人。"他打理完那盆向日葵，扭头看着我，"我想，那些话你也没放在心上吧！"

我愣了愣，随后皱着眉头说道："你所说的话我从未放在心上。"我不知道他有没有看到我一瞬间的愣神。

以往他说什么我都没放在心上，觉得他说的都是谎言，然而这次我却放在心上了。我纠结了一晚上，不知不觉间，他的那些话影响了我。

气氛又变得安静起来，我拿出课本，听着录音，进入了自己的世界。这样和成思隼安静相处的午后十分罕见，只是那个时候的我不知道，岳鑫一直在教室外溜达。他挂了电话后，眼里露出几分惊愕和慌张，喃喃道："怎么可能……怎么可能是她？"

只可惜那时候的我听不到他的喃喃自语，那次是我唯一一次和成思隼安静相处，没有嘲讽，没有辩解，我们两个就像陌生人一样，坐在自己的位子上做着自己的事情。

有那么一刻，我冒出了这样的念头，如果时间能在这一刻停止就好了。

第五章

Chapter 05

你 是 我 的 眼　　　藏 在 我 背 后

01【有关麦音】

隔日，学校迎来了入冬以来的第一场雪。白雪覆盖了整个校园，尽管外面冰天雪地，但依旧有不少人宁可在外面也不想回宿舍，因为圣诞节快到了。

我抱着书走出宿舍时，听到不少女生正叽叽喳喳地讨论圣诞节礼物。我兴致缺缺地走出去，宿舍门口的雪不厚，也没人打扫。

当我走出宿舍楼时，站在楼下的岳鑫急匆匆地冲我打招呼："麦柒。"

我看了看他泛红的脸，猜测他在门口站了很久。

"好巧，我们一起走吧！"

"巧？"我冷冷地瞥了他一眼，不管怎么看都像是蓄谋已久。

我没有理他，自顾自地往前走，他也没有继续纠结，跟在我身后说道："这两天降温，麦同学，你记得多穿点儿。"

"不用你说。"他这种近乎谄媚的举动让我想到了成思隼，在我的记忆里，成思隼也是这样，嘘寒问暖，用各种方式求得我的原谅。

成思隼这么做的理由我能理解，可是岳鑫这么做的理由我就不能理解

了，毕竟他没有对不起我。

"圣诞节快到了。"岳鑫看了看操场上腻在一起的情侣，感慨道，"是后天，还是大后天？"

我继续埋头走路，没有要搭理他的意思。

"麦柒同学。"他加快了脚步，与我并肩，"你还没有男朋友吧？"

我抬起头，有些奇怪地看了他一眼，开口道："关你什么事？"

他扶了扶眼镜，问道："你觉得我怎么样？"

瞬间我觉得冷极了，明明穿着羽绒服，却感觉冷意满满。岳鑫蹩脚的问题让我想起了小说里描写的片段。

"不怎么样。"我想了想，继续说道，"如果你不说话，是没有存在感的。"

岳鑫一时语塞，摸了摸鼻子，说道："我不是成思隼，你不要说得这么狠啊！"

"习惯。"我扔下了两个字。

岳鑫没有再说话，到达教学楼时，岳鑫突然问我："麦柒，你高中也是这个样子吗？"

别人问我高中的事情，我一直很敏感，毕竟那时候麦柒还没有出事，我也并非了解全部，所以一旦扯到这个时期的事，我总会显得十分警惕，生怕自己露馅。

"你问这个做什么？"我皱眉看着他，说道，"你和我又不是在一所中

"没，就是想了解一下。"他说话的时候露出不解的神情，"怎么了？你的表情不太好。"

我扭过头，率先一步走进教室，答道："没什么，我只是不喜欢别人问我高中时候的事情。"

"为什么？是不是曾经发生过什么？"岳鑫一改常态地问我，语气有些急切。

我停下脚步，抬起头看他的同时忍不住眯起了眼睛，说道："别让我重复第二遍，我讨厌别人问我高中时候的事情。"

这一次岳鑫没有再追问，只是低着头不说话。

那一天的主课只有半天，下午我就回宿舍了。我钻进被窝，仰头看着天花板发呆，不知道为什么，这两天我总觉得岳鑫怪怪的。

我躺下还没有两分钟，宿舍门就被人敲响了，我光着脚丫走过去开门，映入眼帘的是姚菲菲。

"很意外吗？"她看着我问道。

我摇了摇头，我没有朋友，所以对于来敲门的人不会抱有期待，不管是陌生人还是熟悉的人，对我来说差别不大。

"成思隼找你，他在楼下。"姚菲菲用几个字概括了自己来的目的。

"哦。"说完，我就准备关门，不予理会。

姚菲菲看我要关门，急忙抓住门，硬挤在门缝里，让我无法关门。她皱着眉头问我："你不去吗？"

"我该去吗？"我反问她。

"该去。"她毫不犹豫地说道，"不管他对你做过什么，他都不是有意地。我不是劝你原谅他，而是觉得，在没有真正了解一个人的情况下就这样恨他，是一件很悲伤的事情。"

"你怎么知道我不了解他？"我冷静地问她。

姚菲菲突然笑了，既得意又无奈，脸上满是矛盾的神色："我当然知道，因为我一直都在看着他。"

这个理由让我没了反驳的勇气，姚菲菲一直喜欢成思隼，这一点整个学院的人都知道，有成思隼的地方就有姚菲菲。

"去吧！"她留下两个字后离开了，背影如同蝴蝶般脆弱。

不知道是不是姚菲菲说的那番话的缘故，最终我还是下去了。他穿着黑色大衣，在雪堆里站着，看到我时晃了晃手臂。

"找我做什么？"我还没到，话已经出口了。

他看着我，浅笑道："我还以为要等一个小时你才会出来。"

"我本来不打算出来的。"我实话实说。

他耸耸肩，说道："圣诞节快到了，想要什么礼物？"

"你的礼物就免了。"

他就像没听见一样，歪着头想了半天，说道："我记得你上高中的时候很喜欢维尼小熊的衣服。"

我和麦柒都很喜欢维尼小熊的衣服，因为价格很贵，妈妈每次都只买一件，让我们轮着穿，而每次麦柒都会让我先穿。

我定了定神，目光暗淡了不少，冷冷地说道："现在不喜欢了。"

"那……你现在喜欢什么？"感觉到我的语气变了，成思隼低下头看着我，声音放轻了不少。

"没有。"我很肯定地说完，转身就走。

成思隼在我身后搓了搓手，没有追上来，也没有说什么。

在圣诞节那天，我收到了两件礼物，一件是成思隼送的，另一件是岳鑫送的。成思隼的礼物是一件维尼小熊的新款外套，售价一千多，而岳鑫的礼物则是一张音乐会的入场券。

圣诞节下午，我们的主课照旧上，下课之后岳鑫找到我，支支吾吾地说道："礼物收到了吗？"

"音乐会的入场券？"我实在搞不懂他送我这个礼物的意义，我从不爱看音乐会，也不了解音乐。

他点点头，低头的时候扶着眼镜，说道："是今晚的音乐会。"

"我没兴趣。"我终于听出了他的话外音，他想让我跟他一起去听音乐会。

他愣了愣，挠头说道："我以为你会喜欢，之前在入校报考表上看到你的兴趣栏里填着'音乐会点评'。"

我皱起眉头，入校报考表是高中时候填写的，那应该是姐姐填写的，但是在记忆里，我并不知道她还有点评音乐会这项爱好。

"我当时随便写的。"我连看都没看他就转身准备离开。

岳鑫看我要走，立刻说道："今天是圣诞节，学校里的同学都会出去约会。"

"所以呢？"

"所以我想请你去听音乐会。"岳鑫看着我说道，"我知道你今晚有空。"

"没兴趣。"我再次拒绝他，扭头就走，根本不知道他在我身后露出了思考的表情。

当天晚上我给苏媛打电话，一来是跟她说节日快乐，二来是想问问麦柒是否喜欢音乐会的事情，因为在这方面苏媛比我更清楚。

"喂，圣诞快乐。"

"都没有圣诞礼物！"苏媛说道，"你也是，圣诞快乐。"

"有些事情我想问你。"我问道，"我姐姐是否喜欢音乐会？"

"算得上喜欢吧！"苏媛想了一下，回答道，"她曾听过几场音乐会，还写过几篇点评，但是那玩意儿太烧钱了，再加上我没兴趣，所以她也就没再去了。"

"好的，我知道了。"我回答道。

"怎么了？"

"没什么。"我考虑了几秒，还是没说出岳鑫的事情，匆匆挂了电话后，我陷入了沉思。我有一种感觉，岳鑫对我高中时期的事情非常感兴趣，我的直觉告诉我，这不仅仅是因为他对我感兴趣。

岳鑫对我抱有某种目的。

这个想法像在我的脑海里扎了根一样无法拔出。

02【有关麦音】

岳鑫接近我的同时，我也开始留意起岳鑫。岳鑫总是有意无意地提起高中的事情，虽然他每次都掩饰得很好，都用各种理由问我一些事。

"高中那年暑假那么长，你有没有去哪里旅行？"

"没有。"因为麦籴死了，我整个暑假都陷入了黑暗。

"为什么？是不是暑假出了什么意外不能去了？"他看着我，镜片闪着光。

我翻了个白眼，说道："我以前怎么没发现班长那么喜欢打听别人的过去？"

他挠了挠头，为自己辩解道："不是的，我只是好奇而已。"

只是好奇而已。

我对此笑了笑，没说话。

"那班长，你暑假去了哪里？"

"去了很多地方。"他为我介绍他去过的地方，讲述了整整一下午他的经历。后来，五点多我们一起去食堂吃饭，食堂的人依旧很多，导致我们不得不再次拼桌，而与我们拼桌的那个人便是成思隼。

他放下盘子看了看我，又看了看岳鑫，眼里闪过一丝疑惑。他还没开始夹菜，就问了我一堆问题。

"你和岳鑫的关系很好吗？"

"你们怎么一起来食堂了？"

"我那天听说你和他去听了音乐会？"

……

我挑着菜，目光投向了岳鑫，他替我回答道："我们的关系一直很好，因为今天谈事情，就一起来了，不过麦柒同学没有和我去听音乐会。"

成思隼看到答话的是岳鑫，目光一沉，说道："我问的是麦柒。"

岳鑫挠了挠头，看向我。

我没有抬头回答成思隼的任何问题，气氛一下子跌到了冰点，我们当中看起来最小心翼翼地就是岳鑫。

吃完饭，我起身离开，既没有和岳鑫说话，也没有和成思隼说，反倒是成思隼叫住了我："麦柒，你站住。"

我转过头，终于说话了："什么事？"

"回答我的问题。"他再次说道。

"岳鑫已经回答你了。"所以我不想说第二遍。

"我想让你回答。"

我看着他，有些不理解他在较什么劲儿，再者我们的关系也没那么好，

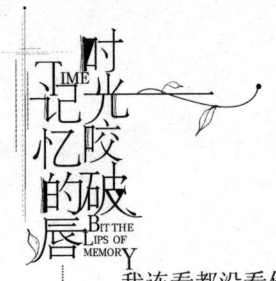

我连看都没看他，准备离开食堂。

成思隼看我要离开，立刻追上来。他抓着我的手腕，呵出的白气在空中淡化："你……是不是想和岳鑫交往？"

我突然觉得好笑，看着他问道："为什么这么说？"

"最近你们的关系很好，走得很近，而且除了他以外，你从未和谁一起吃过饭。"他如数家珍地说着我和岳鑫走在一起的种种迹象，真是详细极了。

我挣脱开他的手，问道："是又怎样，不是又怎样？"

他这次没有再抓我的手腕，而是被我的话弄糊涂了，他低着头说道："麦柒……我之前和你说过……我……"

"你喜欢我是吧？"我怎么可能忘记他当时抱着我说的那些话。

我转动着手腕，对他说："可是你后来让我忘记那些话。"

成思隼，别忘了我们是仇人。

就算你无意，我也不得不报仇。

后来我离开了，而成思隼就像个雪人一样孤零零地站在雪地里。

圣诞节过后差不多要过年了，学校也快放假了，然而就在这时，学校里传出了有关我的流言。最开始的时候，我只是感觉到许多人看我的眼神不太对，后来我发现，不管我走到哪里，都会有人看着我，甚至在我背后指指点点。

我对别人的目光一向很敏感，这让我在很长一段时间处于恐惧的状态，知道事情的真相是在周二的早上。

那天苏媛给我打了一个电话。

"麦柒，怎么回事？"

电话那头的苏媛十分着急，我有些好奇，问道："怎么了？"

"你……我上了你们学校的论坛。"她沉吟了几秒，说道，"上面说你曾在高考结束后被人非礼了，帖子很长，描写得很细致。"

我的心里咯噔一下，连忙说道："你把帖子的地址发到我的邮箱，我去网吧看看。"

"还有一件事要告诉你，这个帖子里唯独没写成思隼那部分。"

她的话让我慌乱的心情平静了不少，我说道："好，我明白了。"

学校附近有很多网吧，为了不被人指指点点和在网吧被同学认出来，我特意戴了一个鸭舌帽，在晚上去了网吧。

我按照苏媛给我的网址点开论坛，那个帖子很长，大概有好几千字，下面的回复也五花八门的。

我认认真真地看着帖子，帖子是用旁观者的语气写的。我虽然没有经历过麦柒遇害的整个过程，可是她给我留下了信，虽然信上的内容没有描写得那么细致，但是信上出现过的描写在帖子里也出现了。

我看完了整个帖子，脑海里冒出了一张脸，是成思隼的脸，当年那件事知情的只有麦柒、成思隼以及那些混混。

那些混混不可能发这些东西自曝身份，而且混混们也不知道麦柒的身份，而麦柒已经离开了，能做这些事情的就只有成思隼了。再者，成思隼和我是一所学校的，而帖子是发在我们学校的论坛上。

我对成思隼是撰写者这点深信不疑，因为整个帖子里并没有出现成思隼的名字。

在找成思隼之前，他先来找我了，他将我约在学校附近的咖啡厅。那天他穿着白色羊毛衫，整个人看起来十分消瘦，他一进来就坐在我对面，神情有些紧张，小声地问我："你还好吗？"

"还好。"我端着咖啡喝了一口。

成思隼听到我这么说，心情稍稍好了一点儿，他点了一杯卡布奇诺，对我说："刚看到那个帖子的时候，我吓了一跳。"

"我也一样。"我冷冷地看着他，"你也知道，知道这件事的只有我们这些人，混混们、你、我以及苏媛。"

他总算察觉出我的不对劲了，他怔怔地看着我。

"你觉得我们这些人当中最有可能做出这件事的是谁？"

他沉默了半天，像是在思考，最终，当他的饮料端上桌时，他才苦笑着说道："是我。"

"知道就好。"我放下咖啡，咖啡杯底与底座发出剧烈的碰撞声，在两个人之间荡开。

"你还是别演了，说吧，为什么要这么做？"

　　我认定他是肇事者的态度让他沉默了好一阵，他看着我，问道："你真的认为是我发的帖子？"

　　"除了你，还有其他人吗？"我直视着他，眼里没有半分开玩笑的意思。

　　成思隼的胸口起伏了一下，他吐了一口气，一字一顿地对我说："我没有，不是我做的。"

　　我呵呵笑了起来，嘲讽意味十足，我端着咖啡，自顾自地喝着，完全没有接他的话。

　　"如果是我做的，我就不会主动约你来这里了。"他的声音放低了，但我知道他生气了，他坚决否认。

　　"或许你约我来这里只是一个幌子，为了取得我的信任。"我顿了顿，继续说道，"自古小人都是这样，总能骗取很多人的信任。"

　　"麦柒……我真的没有。"他的语气一下子软了许多，也不再瞪着我了，"我知道我在你眼里是小人，可是……我真的在尽可能地做好一切，这件事情真的不是我做的。"

　　他越是否认，我越是觉得事情就是他做的。我将咖啡喝尽，起身说道："在没有新的可疑人出现之前，你就是肇事者。"

　　我不等他否认，就离开了咖啡厅。屋外的风"呜呜"地刮着，像是女人凄厉的哭声，让人难受。

03【有关麦音】

我没想到事情会越闹越大，因为帖子上说出了我的真实姓名，所以一时间我在学校名声大噪，当然这种"名声"是讽刺意义上的。

虽然我独来独往惯了，对于别人的目光，虽然不舒服，但也逐渐适应了，可是事情不如我想得那般简单。那天在上课之前，我提早到了教室，班上的人不多，我坐在中间一排。直到感觉有阴影笼罩我，我才抬头，挡光的是个男生，而且是个不记得名字、没有接触过的陌生男生。

"麦柒？"对方问道，显然对我也没有太在意过。

我重新低下头，没有给予理会。他这次把双手放在了我的旁边，将我笼罩在一块阴影里，继续说道："听说你被那什么过啊……"他说话的时候露出了不怀好意的笑容。

如果此时是麦柒，我想她一定会默默忍受，可我不是她，而且我最讨厌有人拿麦柒的事情开玩笑。

我抬起头看着他，笑道："是又怎么样？怎么，你也想试试吗？"我的话让那个男生变了脸色，我看他不说话，反倒笑得更开心了，"哦，我差点儿忘了你是男生，如果你想试试的话，得先去做个变性手术才行。"

这一次那个男生显然生气了，他满脸通红，故意把拳头捏得咯咯直响，他说："你再说一遍试试？"

"凭什么？"我放下复习材料，看着他说道，"我没有兴趣重复自己的话，尤其是对你这类人。"

那一刻，我听到了旁边同学的对话。

"哇，这么嚣张！"

"我怎么觉得是那个男同学过分呢？"

我扫了一眼旁边的同学，他们与我对视时就会把头转过去，避开我的目光。

我扫视了一遍全场，才重新看向他，说道："如果你说完了就让开，挡光了。"

男生显然没想到我会是这个反应，他的脸此时变得有些狰狞，他一直"你"个不停。

"我怎么了？我很好。"在我说这句话时，男生气愤地举起手，当他的手要打在我脸上的一刹那，一个人挡在了我前面。

"啪"的一声，我看着眼前熟悉的背影，有些蒙了。

是成思隼，是他替我挡下了刚刚那一巴掌。不仅我蒙了，打错人的男生也蒙了，他看了看成思隼，整张脸都煞白的，完全不知道该怎么办才好。

成思隼皱了皱眉头，摸了摸自己的右脸，此时那里有些红肿，可见刚刚那个男生用力不小。我不知道这一巴掌落在我脸上会怎样，但是在成思隼冲过来的那一刻，我竟然说出了一个"不"字。

只是声音太小，加上被那个巴掌声盖住了，所以没人注意到。

"成思隼。"那个男生费力地说出成思隼的名字。

成思隼皱着眉头，白皙的脸上五个手指印十分明显，开口道："是你先挑起事端的，对不对？"

男生点了点头。

"也是因为你说不过她，才动手的，对不对？"他继续问道。

男生犹豫了片刻，点了点头。

成思隼握了握拳，趁着对方点头的工夫，一拳打在了对方的脸上。

那个男生往后跟跄了几步，成思隼再次握紧拳头，说道："这是还你的，你没有资格说麦柒。"

男生唯唯诺诺地点着头，不敢直视我和成思隼。

"如果再让我看到你对麦柒这样，我绝不会像今天这样给你一拳了事。"他咬着牙，眼里闪烁着骇人的光，男生点了点头，此时成思隼站在原地，大声说道，"其他人也听好，以后不论是谁，只要拿帖子上的事情找麦柒麻烦，别怪我不客气。"

这一刻，教室里十分安静，成思隼说完就走出了教室。那一堂课他没有回来，而坐在教室里的我莫名地想到了他脸上的手指印。

翌日，电脑课上，我走到了成思隼常用的电脑前，踌躇了好久，最后还是把前一晚买来的药膏放在了键盘底下，然后逃跑似的迅速回到了自己的位子。

上课铃打响前，我看到了成思隼，相比昨天要好点儿，起码五个指印消

除了不少。他坐在电脑前，很快就发现了药膏。他愣了愣，然后朝我的方向看来，由于他的反应太快，我一时没来得及低头，正好与他对视。

他晃了晃药膏，用嘴型问我："是你买的吗？"

我低下头，装作没看见的样子，却不知道成思隼看到我低头时露出了确认的笑容。他小心翼翼地打开药瓶，看着显示器，涂抹我买的药膏。

下课后，成思隼就来找我了，他对我说："谢谢你的药膏。"

我没有否认，说道："我只是不想欠你人情罢了。"

单从态度上而言，我甚至有些冷漠，可是成思隼一点儿也不在意，他挠挠头，对我笑道："嗯，我知道。"

我突然说不上话，他的半张脸还肿着，但他挠头对我露出了笑容。说起来，这是他在我怀疑他是帖子撰写者之后对我第一次笑。

看起来明媚好看，不像是一个该恨的人。

04【有关麦音】

寒假终于来临，但对于想回家的人来说，寒假显得姗姗来迟。我一早就坐上回家的大巴，经历了两个小时的车程，终于到家了。

熟悉的味道，熟悉的摆设，以及我最熟悉的爸爸妈妈。

"麦柒，你怎么回来了？"我开门的时候，映入眼帘的是妈妈，她正坐在椅子上织毛衣，显然被突然到来的我吓到了。

"放寒假了。"我弱弱地笑着，之前没跟爸妈打过招呼，所以她惊讶也

是理所当然的。

妈妈立刻将手中的毛衣放到一旁，走过来替我拿行李，皱着眉头问道："怎么没提前打招呼？"

"因为想早点儿回家，我一确认放假日期就去订票……结果忘了。"我不好意思地冲妈妈笑了笑，因为从未上过学，所以我对这种事情很苦恼。

妈妈摸了摸我的头发，对我说："算了，你回来就好，我一会儿给你爸爸打电话，让他买条鱼回来。"

"嗯，我最爱妈妈了。"我抱住妈妈，妈妈的怀抱就和麦秸一样，甚是温暖。

妈妈拍了拍我的背，说道："行了，先去洗个澡吧，坐了那么久的大巴，整个人都灰头土脸的。"

我使劲地点点头，听从妈妈的话上楼洗澡。晚上爸爸拎着鱼回家了，妈妈做着菜，絮絮叨叨地说着我不在时发生的事。爸爸边听边喝着酒，自始至终都没说话，用餐结束后，他才把我叫到跟前，叮嘱我有空多给家里打电话。

我抿着嘴听着，点了点头。

寒假第二天，苏媛就来找我了，她把头发束得高高的，显得十分精神。她边甜甜跟我爸妈问好，边娴熟地脱下鞋跑来我的房间。

爸爸妈妈对这样的场景已经习惯了，妈妈送上水果后就没再来打扰我们。

"回家比上学还累。"苏媛趴在我的床上，翻看着漫画。

自从那件事情后，我就住在了麦柒的房间。她的房间和我的房间不同，她的房间更干净整洁，书柜里也摆满了苏媛的书。麦柒不爱看书，但我爱看，所以自从我搬进来后，书柜里的书也时常更换，为了不让爸妈发现，苏媛在这方面帮了我很大的忙。

"有吗？"我倒觉得回家很舒服。

苏媛撇了撇嘴，说道："那是你没遇到我妈。"她说到这里，不禁头大，她边翻看漫画边向我形容苏妈妈的各种恐怖事情。

谈话进行了十几分钟，她才转到正题："我前不久听高中的同学说麦柒他们班要举办同学聚会……你没问题吧？"

"兵来将挡，水来土掩。"我概括道。

苏媛放心地点点头，说道："在同学会之前我会每天来找你，和你说高中时期的一些事情，而且……你该适当背背同学的名字了。"

对于麦柒高中时期的同学，除了成思隼，我一个都记不住。

"听说那天成思隼也去。"苏媛想了想，换了一个说法，"应该说他是主角。"

我皱起眉头，不由得想起了成思隼帮我抵挡那巴掌的事情，不知道他的脸上好了没有。

苏媛看我愣神，伸出手在我眼前晃了好几下。

"在想什么呢？"她忍不住问道。

我摇了摇头，转向了另一个话题："有关姐姐的事情，我听说……成思隼当时离开后又回来过，他好像没有放弃我姐姐。"

我尽量把语气放缓，也尽量委婉地表达自己的想法，但是苏媛听到这句话后，愣了许久，随后眯着眼睛看着我，眼里带着怒意，说道："麦音，你知道你在说什么吗？"

"我知道。"我冷静地回复她，但是她十分不冷静地看着我。

苏媛说得很慢，她一生气就会把语调放得很慢："什么听说，其实是成思隼自己说的吧！说什么没有放弃麦柒，这一切只是你的想法动摇了吧！"

"苏媛，你先别激动！"我立刻否认道，"我没有动摇，真的没有动摇。"

她看着我，一脸的不信。

"如果我动摇了，就不会在这里和你这么说话了。"我看着倔强的苏媛，不知道该说什么好，其实一旦扯上麦柒的事情，苏媛就会显得不理智，我坐在她身边，说道，"其实这段日子我跟成思隼相处下来，觉得他并不是那种十恶不赦的人，他虽然胆小，但已经尽力在做自己能做到的事情了。"

"你想说什么？"

"他或许没有放弃过姐姐，只是他们错开了。"

当我说完这句话时，气氛一下子安静下来，苏媛看着我，像只嗜血的野兽。

我从没见过这样的苏媛，她吐了几口气，才一字一顿地说道："麦音，

你还记得当初的誓言吗？"

我当然记得，我说过要替姐姐报仇。

我点了点头。

"那么你现在说这个有什么用？"她又问了我一个问题，这个问题直接把我问蒙了，我不知道该怎么回答才好。

"我问你，你还想不想替你姐姐报仇？"

我无法拒绝，点了点头，这时，苏媛看着我说道："那么别再提这件事了。"

"苏媛……"我看着她，不知道该怎么回复，一向毒舌的我，在这一刻竟然有些不知所措。

苏媛低着头，漫不经心地翻着漫画书，没有理会我。

那天下午，苏媛很早就走了，我怎么劝她留下来待一晚上都没有用。我送她去公交车站时，苏媛看着橘红色的天空，问我："麦音，你是不是喜欢上成思隼了？"

面对她突如其来的问题，我吓了一跳。

"不要感到惊讶，我只是觉得你说出这样的话不是没道理，我想你可能喜欢上成思隼了。"毕竟一直以来成思隼都是一个很受欢迎的男生。

"怎么可能？"我握着她的手，对她说，"你想多了。"

然而，那个时候的我只是下意识地说"怎么可能，你想多了"，却没有想过我为什么没有直接否认。

05【有关岳鑫】

时钟响起，公园里的鸽子纷纷飞舞，谁也看不到他，因为他没有存在感。

他叫岳鑫，从他记事开始，他就是一个平凡的人，没有亮眼的外表，没有优秀的成绩，一直以来都是普普通通的，属于坏学生最爱欺负的那类文艺生，而他没想到六月九日那天却成了他人生中的一个转折点。

他从未被同年级的男生欺负过，因为他的"保护费"每次都会交给比他大一届的学长们。那三个学长拿着他的钱，为他的整个高中保驾护航。那年高考结束，他被硬拖着去喝酒，他们聚餐的理由十分离谱，说是为了庆祝他成为大学生。

那一晚，三个学长喝了很多酒，最后出来的时候，岳鑫清楚地记得脚边的易拉罐堆得很高。一群人晃晃荡荡地走进一条不起眼的小路，走了不知多久，有些累了，他们围成圈挨个点烟，蹲在路上休息。

"真无聊。"坐在他身边的学长狠狠地抽了一口烟，正巧对面走来一个女生，他离得远，看不清那个女生的样子，但学长们像是约好了一样，互相使了使眼色，朝那个女生走去。

岳鑫记得自己走在最后面，他知道自己是里面唯一清醒的人。

"呵，还不错，可以凑合一下。"学长带着酒气，直接抓住那个女生。

岳鑫吓到了，哆哆嗦嗦地站在最后，走在他前面的学长拽了他一下，一个趔趄，他的眼镜掉在地上，被其他人踩碎了。

也就在那时，路上来了一个男生，他看着男生被学长打倒在地上，却怎么也看不清对方的脸。男生被学长打得不行，一声响过一声的碰撞声让他退后了，他想过劝学长们收手，却无奈换来了一个巴掌。

"你们过来。"领头的学长叫他们过去一起打那个男生，他当时跟在最后。由于害怕，他闭着眼睛混在他们中间，最后他听到那个躺在地上的男生说话了："我……走……"

他的声音刚落下，那个女生就发出了叫声，可是无论那个女生叫得多惨烈，那个男生仍头也不回地往下爬。

他害怕了，是真的害怕了，因为他知道马上就要发生什么，可是他劝不住。

那时候学长说了一句"你去把风"，让他松了口气，他飞快地跑下去。在土坡的那一头，哪怕隔了一段距离，他依旧能听到声音，他瘦弱的身体在风中瑟瑟发抖。

明明天气很暖和，可他浑身冰凉，他是被学长们叫走的，一路上学长们显得很兴奋，纷纷讨论起那个女生。而他走在最后，已经害怕得不得了，他担心女生报警，他的一生就毁了。

然而出乎意料的是，女生没有报警，日子一天天过去，他稍稍放宽了心。而那些学长在第二天全体把头发剪了，染成了绿色，他们把前一天的衣服打包烧掉了。

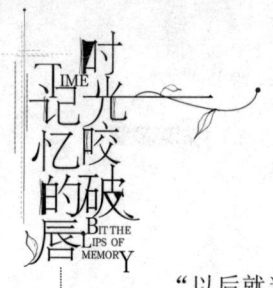

　　"以后就当这件事情没发生过。"领头的学长如此说道，显然大家都怕了。

　　那一天，回家的路上下起了蒙蒙细雨，他没有直接回家，而是去了一趟那条小路。雨水滴在地上，沙土融化，他站在雨中，任凭雨水打在脸上，他默默地看着路面，却一句话也说不出口，哪怕只是一句"对不起"。

第 六 章

Chapter 06

有 关 我 们 的 独 立 日

01【有关麦音】

再回到这里，很多人都变了，这座我曾喜欢的城市里有着既熟悉又陌生的味道，苏媛从那之后就没再来玩过。第二个星期的早上，妈妈问我是不是跟苏媛吵架了，我眨着眼睛摇头否认，而就在那天，我收到了高中同学聚会的邀请函。

高中同学聚会是在周末举行，信封是妈妈送来的，她摸着我的头说道："明天一起去买衣服吧！参加高中同学聚会要穿好看点儿。"

我本想拒绝，但不知道为什么，看到妈妈的脸庞时，心莫名软了下来，拒绝的话到了嘴边变成了一个"好"。

我从来没和妈妈逛过街，小时候是因为自闭症，而长大后只是单纯的不喜欢，所以陪妈妈逛街这种事情通常都是麦柒来做的。

那天妈妈特意化了妆，打扮得十分年轻，她拉着我看着各种款式的衣服，对我说："自从麦音离开后，你已经很久没陪我逛街了。"

"对不起……"我垂下眼帘说道。

我是真的觉得对不起妈妈，不管是我还是麦柒，我们都是妈妈的心头肉，自从她得知"麦音"死后，整个人都消沉了许多。

"妈，您看这件衣服如何？"我一眼相中了旁边的红色旗袍，毛绒边看起来暖暖的，黄色的花蕊印在衣服上，显得高贵大气。

"你要穿？"妈妈看了看我，一脸纠结，那件衣服虽然好看，但不管怎么看都是中年妇女的款式。

我忍着翻白眼的冲动，露出甜美的笑容，说道："当然不是了，我的意思是您穿。"

"我穿？可今天是给你买衣服。"

我拉着妈妈的手，推着她走进那家店，撒娇道："妈妈也好久没买衣服了，试试看嘛！"

妈妈拗不过我，走进店里换上了那件旗袍。妈妈出来时，我愣了愣，柔和的光打在妈妈的脸上，妈妈看着镜子里的自己，转了一圈后说道："有点儿大啊。"

"是您瘦了。"我说这句话的时候心里莫名的难受，妈妈笑了笑没说话。后来妈妈买了一件小一号的旗袍，我们离开的时候，她轻轻地拉着我的手对我说："我有时候总会误把你当成妹妹。"

我握紧妈妈的手，沉默了许久。

那天逛了一天街，我没有买衣服，倒是替妈妈挑选了许多东西，回到家后妈妈还不断唠叨着这件事。

我呢喃道："妈，偶尔错把我当妹妹也没关系。"

"你在瞎说什么。"妈妈翻了个白眼，开始做饭。

我靠在妈妈身旁，莫名的安心。

第二天晚上，我参加了同学聚会，聚会地点安排在中学附近的饭店，我下了出租车后，来到了聚会地点。

那一晚我穿着成思隼送的新款外套，因为妈妈给我整理行李的时候翻到了那件外套，当时我谎称是苏媛送给我的圣诞礼物，于是妈妈提议让我穿着那件外套参加聚会。我不好拒绝妈妈，就勉强同意了。

聚会那天，我把头发烫成了大卷，画了最流行的豹眼妆。我想以麦柒的身份闪亮登场，把她那些年丢弃的自尊找回来。

当我推开门时，离我最远的是成思隼，而他也是最先跑过来的。他穿着正装，三两步跑到我面前，一脸愕然地问我："麦柒？"

我点点头，目光扫向他后面的人群。此时刚好是聚会点，来的人很多，这里的每一张脸我都感到陌生，可是我知道他们不会对我的容颜感到陌生。

成思隼吸了吸气，对我说："你真漂亮。"

"嗯。"我对他的恭维提不起一点儿兴趣，转身就走到人群中。此时音乐响起，旁人对我的出现除了惊愕就是窃窃私语。

我从苏媛那里得知麦柒在高中时期除了苏媛就没有好友，而苏媛和麦柒不是同班同学。我索性站在中央，从自助长桌上拿起一杯酒，等着那些欺负过麦柒的人找上门。

我曾暗暗决定，今晚要替麦柒报仇雪恨。

过了许久，并没有人对我出言不逊。我蹙了蹙眉头，手中的酒杯从开场就端着，一个小时里我没能喝上一口。聚会开始后总有人邀请我跳舞，但都被我拒绝了。

包间只租用了两个小时，聚会快结束时，成思隼突然走上了台，他握着话筒，目光扫过台下的所有人，最后停留在我身上。

我对他上台的理由一点儿兴趣都没有，只是在感受到他的目光时冷冷地瞥了他一眼。

说起来，麦柒在学校里受到不公平待遇也是因为他。

"麦柒。"

他在台上叫着我的名字，灯光照在他的脸上，很是耀眼。

我皱了皱眉头，已经感受到旁人的眼神。我握紧酒杯，没有说话。

"你是不是非常恨这里的每一个人？"成思隼认真地问我，他拿着话筒，声音非常大。

以麦柒的性格，一定会否认，她总是替别人着想，生怕自己说的话伤到对方。苏媛曾说，因为麦柒被伤害过，所以她才会善待每一个人，但她善待的人没有善待过她。

我放下酒杯，站直了身体，仰头对站在台上的成思隼说道："恨。"

仅仅一个字，却用尽了我所有的力气，那个"恨"字几乎是吼出来的。

成思隼沉默了好一会儿，才说道："对不起。"

对不起……

包间里回荡着他的声音，我还没来得及反应，他就走了下来，接着又上去一个人，那个男生冲我鞠了一下躬，说道："麦柒，之前我做了那些事，真的对不起。"

他说完就匆匆下来了，然后又上去一个女生，女生上台后握着话筒，说道："麦柒，我们之前一直是好朋友，但是……对不起，我知道我不该在那个时候置你于不顾，希望你能原谅我，真的……真的对不起。"

女生说到最后竟然发出了抽泣声，她下来后不断有人上去，几乎整个包间的人都上去了一次，最后所有人把目光投向了我。

我从没想过事情会变成这样，原本的聚会在这一刻变成了道歉大会，我的耳边还回响着各种版本的"对不起"。

成思隼走到我面前，离得近了，我也能看清楚他的脸了，精致的五官配上白皙的皮肤，怎么看都不会腻。

"上去吧，说说你的心里话。"他指了指身后的台子，对我说道，"不管是否原谅我们，我们都想听听你的心里话。"

我看着他身后的台子，莫名地想到了很多东西。我迈开脚步上了台，握着话筒，可能刚才经过很多人的手，话筒显得有些烫手。我张了张嘴，却不知道说什么，虽然我不是麦柒，但是看到这样的场景后，哪怕是我也无法不动容。

他们对麦柒做过的事情不可能因为一句简单的"对不起"就一笔勾销，可是我也知道麦柒从不记得这些账，她学会了忍让。

"我……"我开了口，"我觉得你们对我做过的事情不是一句'对不起'就能一笔勾销的。"

台下顿时响起了倒抽凉气的声音，很多人都露出了不同程度的悔恨表情，有些女生甚至抓着身旁的椅子，支撑着摇摇欲坠的身体。

"可是我不想恨你们所有人。"我低下头看着自己的鞋，眼前突然模糊成一片，滚烫的液体滑过我的脸颊，滴在地上，"因为恨一个人太过痛苦和麻烦了。"

我在这一刻看向了成思隼，我的视线明明被泪水模糊了，但偏偏在那一刻我看到了成思隼的笑脸，他对我竖起了大拇指。

"谢谢你。"他用口型如此对我说道。

聚会结束后，成思隼把我拦截在门口，他看着我，像个孩童一样笑着说道："麦柒，我送你回去吧！"

他说这句话的时候眉间透露出紧张，甚至不安地把拳头放在口袋里。

我看着外面突然飘落的雪花，搓了搓手，说道："走吧！"

说这句话的时候我已经迈开了脚步，他愣了愣，紧跟上来。

02【有关麦音】

北方与南方不同，四季更加鲜明，其实我很喜欢冬天，因为寒冷可以麻痹所有，包括人心。

成思隼走在我身旁，一路上说了很多话，他不断找着话题，不断跟我分享他身边的事情，可是我一点儿兴趣也没有。我特意选了那条小路回家，路面结了冰，不太好走。他怕我摔倒，特意趁我没上坡的时候握住了我的手，他的手宽大而又温暖。

"我带你走。"他坚定地看着我，语气不留任何商量的余地，他拉着我，格外小心地往上走。

上了坡后，我挣脱出他的手心。被他牵着的那一瞬间，从他的手心传来

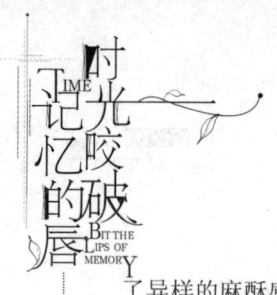

了异样的麻酥感，这种感觉我虽不讨厌，却十分害怕。

"你知道吗？"我看着昏暗的天空，对他说道，"我参加这次聚会之前，以为自己会被欺负。"

他低下头看着我，等待我下面的话。

"所以我打扮得漂漂亮亮，准备在被人欺负的时候再反击，以这种方式告诉所有人，我不是原来的那个麦柒。"我说到这里，看了看他，"可是这一切都被破坏了，我精心的准备换来了意外的结果。"

我摸了摸脖子上的福袋，不难看出，这次聚会的道歉环节应该是成思隼的主意。

他呵了一口气，对我说："我只是想让你不要那么累，我知道这些都不足以弥补你所受过的伤。"

我停下了脚步，我的脚下正是麦柒受害的地方，我看着他说道："比起我们之间的意外，那些被欺凌受的伤又算什么呢？"

他沉默了一会儿，然后说道："麦柒，我想弥补，我可以照顾你，我可以在毕业后娶你，我会用我剩下的时间好好对你，即便这样，你也不肯吗？"

我摇摇头，看着他说道："我不需要你的照顾，也不需要你毕业后娶我。"

"那你需要我做什么？"

他认真地看着我，而我一时回答不上来，就像我说的要找他报仇，可是具体怎么做，我心里一片迷茫。

124

我转过身，快步走着。

成思隼以为我生气了，立刻走上来说道："麦柒，我们说点儿别的吧……我记得你上高中的时候特别喜欢听李云迪的钢琴曲，现在还喜欢吗？"

我抿了抿嘴，没有回答他，其实我无法回答，因为我根本对李云迪的钢琴曲没兴趣。

成思隼看我不回答，就换了个话题，继续说道："对了，我记得那时候你和苏媛的关系并没有现在这么好，那个时候你身边跟着的是付小芸。"

付小芸是谁我完全不知道，所以我继续埋头往前走。

成思隼看我迟迟不说话，最终说道："麦柒，你是不是不想我提起这些事情？"

我迟疑了几秒，最后点了点头。

"但我所讲的这些是你美好的回忆啊！"他看着我说道，"我记得没发生那些事之前，你还是很快乐的。"

我愣了愣，露出迷茫和惊讶的表情。

"不对吗？"他看着我的表情，有些不解，"你以前还说过很多很幸福的话，还有那次全班组织踏青，你在许愿树上写的那些话。"

那些话？我愣了一下，毕竟这段日子装习惯了，我懒懒地看了他一眼，说道："那又如何？我写的、我说的话都是曾经，可我被伤害是在当下。"

成思隼突然不说话了，我们正好走到了我家门口。

我推开大铁门的时候，他突然叫住了我："麦柒，你还记得在许愿树上

写的那些话吗？"

成思隼大概不知道，一路上我不断回忆有关麦柒的事情，但是她在许愿树上写过什么，我真的不知道。

我没有回头，故作镇定地说道："我不记得了，你问这个做什么？"

"只是想知道而已。"他的话让我突然明白了什么，我想成思隼并不知道我在上面写过什么。如果麦柒真的写了什么不可告人的话，就不会让别人看到。再者，那个时候成思隼只是暗恋麦柒，所以不会太接近她。

我分析了一番后，才对他说道："那时候不像现在，只是许下了一些很单纯的愿望，希望爸妈健康，自己幸福，仅此而已。"

我想现在哪怕成思隼回去，也找不到麦柒写过的东西了，所以干脆瞎说。

我说完就关上了门，爸妈因为去姑姑家了，都不在家。我脱下鞋坐在沙发上，一想起晚上的同学聚会，就会想起高中时期的麦柒。我细细回顾了当晚的所有事情，不知道是不是我敏感，我总觉得成思隼在问我有关高中的事情时做了停顿，仿佛怀疑我一样。

我拿起电话打给了苏媛，这一刻我迫切想知道麦柒在许愿树上写过的话，毕竟我之前说的只是猜测罢了。

电话打了两次，可迟迟没人接听，我看了看手表，此时才七点半。我记得早上和苏媛通电话的时候她告诉过我，她今天会在家休息。

我皱了皱眉头，胸口突然闷闷的，一种不好的预感涌现出来。

我起身穿上外套离开了家，寒风凛冽，我缩了缩脖子往苏媛家走去。她家离我家不远，步行就能抵达。

在我到达苏媛家门口，还没上楼的时候就撞见了苏媛。除了她，还有一个人，是一个令我意想不到的人——岳鑫。

我皱着眉头看着岳鑫，他看到我的时候有些慌张地扶了扶眼镜，一副不敢说话的模样。

苏媛看到我时也愣了愣，但是这个表情在她脸上没维持几秒就被平静代替了。她没有理会我，而是看向了岳鑫，她的脖子上围着厚厚的围脖，对岳鑫说道："路上有些黑，你走的时候小心点儿。"

"谢谢你的招待。"岳鑫看了看我，转过身加快脚步离开了。

我从不知道岳鑫和苏媛的关系好到这个地步，如果我没记错的话，这是苏媛第一次带男生回家。我之前听麦柒说过，苏媛很讨厌和男生接触，虽然没有厌男症那么恐怖，但也很讨厌男生。因此麦柒觉得，苏媛不像其他女生那样喜欢成思隼的原因是她根本不喜欢和男生接触。

看不到岳鑫的身影了，我才和苏媛上楼，走进她家。苏媛也是一个人在家，我刚脱下鞋就问她："怎么回事？"

"什么怎么回事？"她不解地看着我。

我皱了皱眉头，我知道苏媛一定知道我在说什么，可她偏偏装作不知道的样子。

我继续问她："我不记得你和岳鑫有这么熟，他怎么会在你家门口出现？"而且听他们的谈话，可以知道他来苏媛家做过客。

苏媛喝了一杯水，看了我一眼，说道："那次我和他在医院门口见面

后，我给他留过我的联系方式，以防你出什么事时方便通知我。"

"然后呢？"我的话里带着审问的意味。

苏媛不悦地皱起眉头，但还是回答了我的话："然后我们经常聊天，结果发现我们很多爱好都差不多，所以比较聊得来。"

我点点头，示意她继续。

"你也知道我几乎没有男性朋友，我觉得岳鑫不错，今天正好他坐车来这边玩，我就让他来找我。"

苏媛的话让我找不出一点儿毛病，苏媛的表情更是淡定。我对岳鑫一直无感，觉得不是什么好人，也不是什么坏人。

"如果岳鑫不合适的话，我再给你介绍其他男生。"我对苏媛说道，她发出了"扑哧"的笑声，给了我一个白眼。

那时候，我不知道苏媛看见我放下警惕时暗暗舒了口气，她在心里默默地对我说了句"对不起"。

而此刻的我和苏媛都不知道，这一天是我们的独立日，我们选择了不同的道路，成了独立奋战的人。

03【有关苏媛】

时间回归最开始，苏媛还未见到岳鑫的那一刻。

苏媛在医院那次的确给岳鑫留过电话号码，但岳鑫和苏媛接触的时间并不多，直到寒假，岳鑫来苏媛所在的地方玩，才给苏媛打电话。

"喂，我是岳鑫……就是麦柒班上的班长。"岳鑫在电话里的声音文文弱弱像个姑娘，他用最简单的方式向苏媛阐明了给她打电话的理由。岳鑫知道麦柒也在这座城市，本想趁着过年前来旅游，结果来到这里后，他的钱包丢了，无奈之下给麦柒打电话，结果没打通，之后他想起了苏媛。

"所以，你的意思是要我借钱给你？"苏媛听对方绕了一大圈后才听明白。

岳鑫有些不好意思地"嗯"了一下。

若是平时，苏媛早就挂电话了，可是近几日在家待着有些无聊，苏媛不由自主地同意了。鉴于对方在附近，家里又没人，苏媛直接把对方叫到了自己家。

苏媛和麦柒不同，她学过散打，本身个性又像个男生，对于男生来找她，她也不怕，再者，苏媛觉得岳鑫那小胳膊小腿也打不过她。

岳鑫来得很慢，当他来到苏媛家的时候，苏媛刚好做了晚饭。岳鑫恭恭敬敬地坐在沙发上，看到苏媛坐在餐桌旁大口大口地吃面，忍不住咽了好几次口水。

"你饿了？"苏媛再反应迟钝也看出了对方的不对劲。

岳鑫纠结了好一会儿，才点点头说"是"。

苏媛又从厨房拿了一碗面，两个人面对面开始吃饭，没有人说一句话。

岳鑫可能饿极了，吃得特别快，一碗面几下就被他吃完了，速度快到让苏媛咂舌。

岳鑫不好意思地坐在苏媛对面看她吃饭，苏媛觉得被一个人盯着很不舒服。

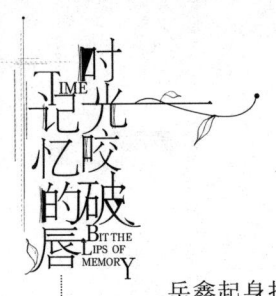

岳鑫起身打量起整个客厅，客厅的面积不大，但装修得十分好看，墙上挂着好几张苏媛的照片，大多都是与麦柒的合影。

"你与麦同学很早的时候就非常要好了吧。"岳鑫打量着照片里的两个人说道。

苏媛恰巧吃完面，她看着墙上的照片，心里泛起了一丝酸楚。她低着头一边整理餐具一边说道："我们是高中同学，我们的感情一直很好。"

"那你知不知道麦同学为什么那么讨厌成同学？"岳鑫装作没看到苏媛的表情，自顾自地说道，"我觉得成同学很优秀，对人又好，尤其是对麦柒格外好。"他不知道，他说这句话时苏媛的手抖动了好几下。

"成思隼就是个渣男。"她冷冰冰地打断了岳鑫的话，"他之所以对麦柒好，是他对不起麦柒。"

岳鑫被这样的苏媛吓了一跳，后退了好几步，一个大男生就这样被一个女生吓到了，他结结巴巴地问道："怎么……怎么对不起了？"

苏媛深吸一口气，仿佛要把这段时间所有的怨气发泄出来一样，缓缓地说道："你还记得你们学校论坛上很火的那个帖子吗？"

他点点头，他当然记得，当时全校闹得沸沸扬扬。他想了想，说道："就是麦柒同学的那件事？"

"是的，但是帖子上少了一段。"苏媛在说这句话的时候咬牙切齿，眼里泛着幽幽的光，"麦柒遇害的时候成思隼也在场，但是他后来跑了。"

"跑了？"岳鑫问道。

"是的，因为害怕。"

苏媛说这句话的时候，脸上带着浓浓的鄙视和不屑。

岳鑫的心里咯噔一下，不动声色地问道："为什么不报警？"

为什么不报警？

现在不是不想报，而是无法报。

因为麦音和她的野心很大，单纯报警只能惩罚那些犯错的人，但像成思隼这样的小人就无法惩罚了。

再者，真正的麦柒已经离开好久了。

"报警也无法惩罚成思隼。"她淡淡地说道。

"那……对麦同学太伤害了。"岳鑫的脸上露出淡淡的悲伤，他轻轻地抚摸着照片上麦柒的脸，"也不知道是不是因为这件事，麦同学的性格变了，就连爱好也变了。"

"你以前和她不是同学，你怎么知道她的性格和爱好？"苏媛本能地皱起了眉头。

岳鑫摇了摇头，说道："我无意间听过成思隼和麦同学的对话，他说麦同学的脾性变了，至于爱好……圣诞节我送了她音乐券，但是她一点儿兴趣也没有。"

苏媛突然想起了之前麦音打来电话的事情，她看了看照片上的麦柒，不难看出眼前的岳鑫对麦柒有着好感。

"你很喜欢麦柒吗？"苏媛问道。

岳鑫摇了摇头，苦笑道："喜欢又能怎样？我觉得麦同学喜欢别人。"

"别人？"苏媛感到诧异。

岳鑫犹豫了几秒后，才说道："或许你不信，可我觉得麦同学喜欢的是成同学。"

苏媛愣了许久，但是无法说出"不可能"三个字，毕竟一切都是麦柒经历的。再者，成思隼撇开这件事还是很完美的，再加上苏媛记得麦音替成思隼说过好话，一下子，种种感觉在她的心里涌现。

"居然是成思隼。"苏媛跌坐在沙发上，脸色煞白。

岳鑫吓了一跳，立刻说道："这些只是我的猜测，你不要当真。"

她无法不当真，因为她也这么怀疑过。

如果麦音喜欢成思隼，一定无法替麦柒报仇了。

苏媛握紧拳头，看着岳鑫说道："我要和你说一个故事。"

她看着对方的脸，勾了勾唇角，说道："所有人都知道麦柒，却不知道麦柒还有一个妹妹叫麦音……"

04【有关苏媛】

苏媛缓缓地说出了麦柒与麦音的关系，而在一旁听着的岳鑫皱起了眉头，他扶了扶镜框，然后问道："也就是说麦柒很早就死了，现在顶替她活下来的是麦音？"

"是的。"

"也就是说我认识的人是麦音，在大学里和我们打交道的是麦音？"

苏媛再次点点头，说道："麦柒在死前留下了一封信，上面交代了一切。"

岳鑫愣了一下，缓了好一会儿才说道："那么现在那封信在哪里？"

"在麦音随身携带的福袋里。"苏媛揉了揉眉心，看着岳鑫说道，"对于麦音来说，那就是她的幸运物，她相信沾染麦柒气息的东西都会保佑她。"

岳鑫想了想，点了点头的同时问道："那你告诉我这些是因为什么？"岳鑫知道苏媛不会无缘无故告诉他这些的。

苏媛从说出麦音和麦柒关系的那一刻起，就一直组织语言想劝诱他，她说出这些不是没有理由的。

"我想惩罚成思隼。"她还是选择了开门见山的方式说出自己的心里话，"我不想就这样放过那个人。"

听了前因后果的岳鑫沉吟了几秒，问道："你是想让我帮你？"

"我不勉强你。"苏媛不再说话，她看着岳鑫，却猜不透他的心思。

岳鑫看着照片，照片上的麦柒化着淡淡的少女妆，披肩长发，眉眼里带着浅浅的笑，看起来那么幸福，仿佛一朵盛开的百合。

"我要怎么帮你？"他回答得很快，这一点让苏媛有些惊讶。

"具体计划我们要慢慢来。"苏媛虽然是个有些暴躁的人，但是她的理性思维并不差。

岳鑫想了想后，又点了点头。

他们谈了没多久，由于岳鑫要赶车，所以苏媛没有多说什么，岳鑫离开的时候刚好八点，苏媛送他到楼下。

岳鑫一开门就看到了麦音，他看了看身后的苏媛，又看了看面前的麦

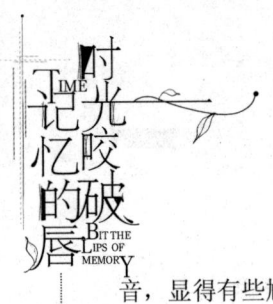

音，显得有些尴尬。

最先说话的是苏媛，她无视麦音的目光，对岳鑫说道："路上有些黑，你走的时候小心点儿。"

她说这句话的时候用眼神示意了一下岳鑫。

"谢谢你的招待。"

岳鑫不笨，他说完低头就走，没有和麦音打招呼。

苏媛不知道他快速离开的原因还有一个。

走到车站的岳鑫转过头看着苍凉的街道，拨打了学长的电话。

"喂，学长。"他抿抿嘴说道，"有关我们班同学的那件事，我有了进展，在说进展前我有一个提议。"

"什么提议？"电话那头的人显然不理解岳鑫的意思。

"就是借着别人的手去毁掉所有证据。"他顿了顿，解释道，"我今天拉到了一个同盟，我觉得可以利用她。"

"你说可以利用她？"

"是的。"岳鑫拿着手机，咳嗽了好几下，然后说道，"我们不用着急毁掉我的同学，要先毁掉成思隼。"

"为什么不先弄你的同学，而要弄那个成什么？"学长的语气带着怀疑。

"我的同学不是被你触碰的女生，而是她的孪生妹妹。"岳鑫顿了顿，说道，"但成思隼是那天被你们揍下土坡的男生。"

"那个土鳖啊！"学长像是想起来了，问道，"你的消息准确吗？"

"肯定准确。"

"那你准备怎么做？"

"我当时提出帮苏媛报仇，具体计划我会找机会和你们细说。"他看了看手表，此时大巴正好停在他面前。岳鑫上了车，坐在窗边的位子，和电话那头的学长谈着话，他来找苏媛只是碰碰运气，他知道苏媛和麦柒的关系好，所以想从苏媛身上入手，结果他成功了。

他看着车窗外的大楼，渐渐远去。

而另一头，麦音和苏媛陷入了安静的气氛。

苏媛看着对面的麦音，端了一杯水过来，她没有说实话，苏媛从未对麦柒撒谎，但是她会对麦音撒谎。

"怎么了？"当她解释完一切后，麦音很沉默，于是她开了头，"你今晚不是去参加聚会了吗？"

"回来了，我想问你一件事。"麦音把茶杯放在桌子上，问道，"听说你们在高中时期有过一次踏青。"

"是班级组织的，我和麦柒不同班。"苏媛很快说道。

麦音点点头说道："我知道这点，我只是想问你知不知道麦柒在许愿树上写过什么。"

"我知道。"与麦柒在一起的记忆像是突然被唤醒了一般，苏媛看着麦音说道，"希望有一天妹妹能和我一起上学。"

麦音听到她的话，愣了片刻。

麦音站在照片前，一侧头就能看到麦柒的照片，看着照片上的麦柒，她的眼眶忍不住泛红。她知道麦柒疼爱她，也知道麦柒不管去了哪里都想着她，可她没想到只是一次普通的踏青，麦柒居然会在许愿树上写下这样的愿望——

希望有一天妹妹能和我一起上学。

"苏媛，有空带我去看看那棵许愿树吧！"虽然是班级组织的踏青，但是麦音敢肯定她知道地址。

"前几天我去看过，那里改造了。"苏媛的眼里带着悲伤，说道，"我很怕有一天我会忘了麦柒，我发现与麦柒有关的记忆越来越模糊了，与麦柒有关的东西也渐渐被更改了。"

麦音上前抱了抱苏媛，淡淡地说道："不会的，我会记着的，你忘记了，我就告诉你。"

"包括惩罚成思隼？"苏媛把下巴抵在她的肩膀上，淡淡地问道。

这一刻，麦音的脑海里浮现出成思隼的脸，以及他牵着她的手走上土坡的画面。

"你想怎么惩罚他？"麦音问苏媛。

"报复。"苏媛说道，"他对麦柒做过的事情，我要百倍讨还回来。"

由于麦音抱着她，所以没看到她此时狰狞的表情，如同恶魔般可怕。

岳鑫坐着大巴到了一个废旧仓库前，他隔着很远就看到了那些学长。那件事情之后，岳鑫就搬家了，所以当他再次回到这个地方时，除了想从苏媛那里得到信息外，他还要过来和学长们会合，毕竟曾经那件事他也参与了。

他推开老旧的铁门，三个男生坐在地上，地上散落着很多烟蒂，岳鑫走上去说道："我来了。"

领头的男生指了指前面，说道："坐下吧！"

岳鑫不记得这些学长叫什么，他一般称他们为大哥、二哥、三哥，看起来像是称兄道弟，但其实他在里面没有地位。他的存在是基于保护费，然而现在不一样了，由于麦柒和他认识的缘故，有关麦柒的事情只能靠他，所以目前学长们对他的态度改善了很多。

"说吧，发现了什么？"

岳鑫简单地说了出来，得到的线索很简单，然而学长们频频蹙眉，相比麦音，他们更加担心成思隼。毕竟在案发现场的人除了麦柒就是成思隼，威胁到他们的是麦音脖子上的福袋，但里面的那封信也只是记录了当时的情况。

岳鑫看着学长们，说道："所以我提议借刀杀人。"利用苏媛的手先灭掉成思隼，至于麦音，他们可以一步一步来。

领头的男生没说话，看似在沉思，他抽着烟，白雾从鼻子里出来，一根烟抽了大概五六分钟，他也想了五六分钟。

"如果出错了，我们都要赔进去。"他意有所指地说道。

其实领头的男生不相信苏媛，如果让她知道他们就是当年迫害麦柒的罪人，苏媛一定不会放过他们的。但是现在最好的选择就是骗取苏媛的信任，借她的手完成一切。

"这是最好的办法。"岳鑫扶着眼镜，镜片后闪着幽冷的光。

　　领头的男生起身拍了拍岳鑫的肩膀，说道："那就按你说的做吧，但是一旦出错……你心里应该明白。"

　　"嗯。"他点点头，对于此事他有很大的把握，因为苏媛已经信任他了。

　　岳鑫低下头看了看自己的手机，面无表情。

第七章
Chapter 07

真 相 与 爱 情 无 关

01【有关麦音】

这个城市的冬天很少下雨，而在那天，罕见地下起了雨。我穿着黑色大衣，把脸埋在帽子里，此时才早上八点，但外面的天色十分昏暗。

我拉好拉链，站在门口等苏媛，大概在八点十分的时候，苏媛才跑来。她抹了抹额头上的汗珠，对我说道："走吧！"

我到家已经有一个多星期了，而我一直没能去墓地看看麦柒。苏媛在昨晚给我打电话，约好今天一起去。

麦柒的忌日在六月份，虽然距离那个时候还早，但难得过年，再加上寒假的缘故，我准备去看看麦柒。

我和苏媛走在小道上，不一会儿就到了麦柒的墓地，灰白的石碑上刻着麦音的名字，但上面的照片却是麦柒的。

照片上的麦柒头戴花环，笑得如同天使一般，这是她上高中时的照片。

苏媛把菊花放下，她穿着一件厚棉袄，一条围脖把她遮挡得严严实实，她蹲下身，食指抚摸着麦柒的照片。

"你还记得麦柒死时的样子吗？"她没有转过头。

我眯了眯眼睛，将水果篮放在墓碑前，对苏媛说道："怎么可能不记得。"

"即便这样，你还是觉得成思隼无罪吗？"

"苏媛，我只是说成思隼或许没有放弃过麦柒。"我努力向苏媛解释，可我的声音混在淅淅沥沥的雨中，让人听不清。

苏媛拍了拍墓碑，然后起身说道："我不会放弃报仇。"

"我也不会。"

我说完这句话，苏媛扭过头意味深长地看了我一眼。

在苏媛的眼里，当我第一次提出成思隼没有放弃麦柒这种说法时，我已经成了叛徒。

"好了，我们走吧！"她摆好花和水果后，站在我身边说道，"麦柒，不管在哪里，你都要好好照顾自己。"

"姐姐，再见了。"我说完也走开了。

就在这时，一个人影突然出现在我们身后，他的声音略显沙哑，却令我浑身一颤。

"麦柒怎么了？"他是成思隼。

我转过头看向成思隼的时候，他已经把目光移到了墓碑上的照片上。

"这是怎么回事？"他喃喃地念着墓碑上的字，"麦音，卒于××年六月十日。"

他问道："麦音是谁？"

我从未想过会在墓地遇到成思隼，所以一时忘了说话，最先反应过来的是苏媛。

"她是谁与你无关。"苏媛抛下这句话，准备拉着我离开。

这一刻，我多少有些庆幸墓碑上印着的是我的名字，而不是麦柒的。

我们还没走几步，成思隼就追上来了，他拉住我另一只手，问道："你和麦音是什么关系？"

"与你无关。"

我说了这句话后就准备和苏媛离开，然而他不肯放手，看着我说道："照片上那个人明明是麦柒。"

这句话让我停下了脚步。

"那张照片是在高中放国庆节假前照的。"成思隼握了握拳头，"因为那张照片是我照的，我当时担任班级摄影师一职，为每个同学照了一张单人照。"他看着我，眼里带着几分询问，"这张照片是怎么回事？"

我们都不曾想过，我为麦柒精心挑选的遗照来自于成思隼之手，这一切像恶作剧一般，无情地嘲讽着我们。

"而且上面的日期是六月十日……"是麦柒出事的第二天。

他看着我，有话却说不出口。

"正如你所想的那样。"我很淡定地说道，"那里躺着的是麦柒，而我是她的妹妹麦音。"

我大方地承认了，我在他眼里看到了惊愕。

"可你现在……"他指了指我，半天吐不出一句完整的话。

我指着自己的鼻尖说道："我叫麦音，在麦柒离开后用她的身份活着，而真正的麦柒顶着我的身份埋在了土里。"

"你……"成思隼看着我的脸，半天说不出一句话，"你为什么要用她的身份活着？"

"为了报仇。"替我讲出这句话的是沉默了很久的苏媛。

成思隼意外地陷入了沉默，此时雨淅淅沥沥地打在了我们三个人的身上，我们却没有跑去躲雨，一步一个脚印地离开。

"麦柒是怎么死的？"走在半路上，成思隼突然开口问道。

我下意识地摸了摸自己脖子上的福袋，说道："她是自己选择离开的。"

"因为我吗？"

我迟疑了几秒，点了点头，答道："她以为你放弃了她，那个时候的她陷入了极端，最后绝望地选择了离开。"

我知道我说这句话的时候，苏媛不自觉地握起了拳头。她看着我，又看了看成思隼，眼里带着怨恨。

此刻成思隼根本顾不上任何人的想法，他像个断了线的木偶，眼神瞬间暗淡下来。他跟着我们走出墓地，才停下脚步。

墓地外有一个公交车站，我们三个人站在三个不同的方向。成思隼没有说话，苏媛也一直没说话，来的第一班车是通往戚家夼的，苏媛冲我摆了摆

手，说道："我有事要去一趟戚家夼，我先走了。"

我点点头，"嗯"了一声。

成思隼看到苏媛离开，才主动说话："你很恨我吧？"

不知道是不是我的错觉，我总觉得他的声音沙哑了许多，就像刚哭完一样，带着浓浓的鼻音。

我点了点头，对于我恨他这点，他已经心知肚明了。

"因为你觉得是我害死了麦柒？"

这一次我先摇了摇头，又点了点头，我用另一个问题堵住了他之前的所有问题："你之前说会照顾我，现在还算数吗？"

"麦柒……还是我该叫你麦音？"

"随你。"我将目光投向远方。

他没有正面回答我的问题，看了看天空，而后用坚定的声音告诉我："我亏欠的人叫麦柒，所以我的承诺也只对麦柒有效。"

我"呵"了一声，是啊，我叫麦音，我并不是麦柒。

我刚想说什么，他又补充了一句："而麦柒只有一个。"

而麦柒只有一个，这句话打消了我所有的念头。

恰好我要乘坐的车来了，车缓缓停在站牌前，我和成思隼一起上了这辆车。车内的人很少，窗外的雨打在玻璃上，溅起好看的水花，我和成思隼并肩站着，窗户上映着我们的身影，极其和谐。

"我有个问题一直想问你。"不知道过了多久，我才主动打破沉默，他

看向我，点了点头。

不知道是不是因为成思隼得知了我不是麦柒的身份，总之我的心情轻松了不少。

"当初你为什么不报警？"

"我以为麦柒会做这些。"他摸了摸鼻子，露出苦涩的神情，"当时我在路上待了很久才回家，那天回去后我把自己锁在房间里整整三天。后来再出来时，我就像什么也没发生过一样，某种程度上我选择了忘记，忘记那段不堪的记忆。"

我默默地听着，没有插嘴。

"我不报警的理由还有一个，就是我怕我会毁了麦柒。"成思隼拉了拉外套，露出了黑色的羊毛衫，他说，"你知道的，我已经毁了她一次，如果我去报警的话，事情会闹大，她刚刚成年，不该背负这种名誉上的压力。"

我理解他的话，也理解他的行为，他从侧面保护了麦柒，却让我十分难受。

公交车停在了我家附近那站，我转过身直接下车，在出门的那一刻，我听到成思隼对我说："麦柒，再见。"

我没有回答他，而是看着车里的成思隼，哪怕雨水把窗户弄得模糊，我也能看到他的轮廓。我张了张嘴，用口型说了一句："你不能叫我一声'麦音'吗？"

我不知道他有没有看到，只知道我看着那辆公交车消失在路的尽头时才

离开。

或许是被雨淋了的缘故，之后两天我连续发高烧，到第三天，情况好转了不少。

我裹着棉被坐在书房里看着书，在那时，成思隼发来了短信："苏媛和我打电话，说她找到了非礼麦柒的混混，我先行一步去看看。"

我握着手机，心里涌起了不祥的预感。

非礼麦柒的混混？苏媛什么时候找到的？我怎么不知道？

苏媛、成思隼，还有非礼麦柒的混混，这一切到底是怎么回事？

我的头不自觉地痛了起来，我站起来，要去找苏媛。

可那时候的我并不知道这一切只是苏媛下的一步棋。

02【有关苏媛】

坐在家里的苏媛给自己倒了一杯蜂蜜茶，她喝了一口茶，看着窗外的天空，心忍不住抽动起来。不知过了多久，蜂蜜茶才喝完，她鼓足勇气，拿起了手机，陌生的号码在指尖徘徊，到底打还是不打？

她知道，如果这个电话打通的话，将会牵扯到很多人，也会改变很多事。

手机就在这个时候突然响起，吓得她险些把手机扔出去，她定了定神，看向屏幕，是岳鑫打来的。

"喂。"她拍了拍胸口，低声问道，"什么事情？"

　　"打电话了吗？"对方的语气尽管很平和，但是隐隐透着不耐烦，可惜这时候苏嫒已经被蛊惑了，完全听不出对方的不耐烦。

　　苏嫒一边晃着脑袋一边说"没有"。

　　"为什么不打？"对方对她的态度显然不满意。

　　为什么不打？

　　苏嫒不是不想打，而是每次摸到手机时，心就会怦怦跳个不停。她的沉默让电话那头的岳鑫皱了好几下眉头。

　　"苏嫒。"

　　"嗯？"

　　"你在担心什么？"

　　岳鑫的问题让她愣了愣，她在担心什么？就连她自己都不知道，这种感觉就像第六感一样，无形中影响了她。

　　苏嫒晃了晃脑袋，然后对岳鑫说："我没有。"

　　话虽如此，但是岳鑫知道苏嫒还在犹豫，于是说道："你想想麦柒为了成思隼受罪的时候，那些女生是怎么欺负她的？"

　　听着岳鑫的话，麦柒被人欺负的场景再次浮现在她的脑海里，这时岳鑫的声音在耳边响起："麦柒死的时候，成思隼都在做什么？和别的女生暧昧，继续过着他的大学生活，他一开始就没有在意过麦柒的死活。"

　　苏嫒的心变得沉甸甸的，说道："我知道。"

　　"你知道就好，好好想想成思隼是怎么对待麦柒的。"他说完就挂了电

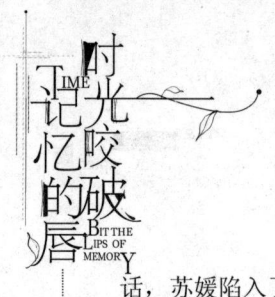

话，苏媛陷入了沉默。

"嘟嘟嘟"的提示音并没有让她感到一丝心安，她不断调整呼吸，最后还是拨了那个号码。

"喂？"

"是我。"她看着墙上的照片，冷冷地说道，不知道为什么，慌乱的心在听到成思隼的声音后莫名地安稳了不少。

"苏媛吗？"电话那头的成思隼有些疑惑，他只知道苏媛一直都很讨厌他，这种讨厌没有任何伪装，单从眼神和表情就可以看出。

"是的。"她没有废话，开门见山地说道，"我有事找你。"

"什么事？"

苏媛站起来，说道："我通过一些特别的渠道找到了曾经非礼麦柒的混混。"

"什么？"电话那头的成思隼显得十分愕然，他结结巴巴地说道，"怎……怎么回事？"

听到对方结巴，苏媛闭上了眼睛，说道："就是找到了那群混混，但是……我需要你帮忙。"

"帮什么忙？"他不理解。

"帮我确认。"苏媛说话的同时睁开了眼睛，眼底闪过一丝坚定，"我不敢确定我找到的人是不是对的，所以我需要你来确认。"

"那天天黑了，再加上我很快就被揍得睁不开眼，根本没看清那些人的

长相。"成思隼说着，露出无奈的神情，如果他记得的话，早就去找这群人了。

苏媛皱了皱眉头，问道："你是不是不想帮忙？"

"我没有。"

"你有。"她对着手机毫无形象地吼道，"你不觉得你对不起麦柒吗？那天晚上见过那群人的只有你，你不帮我指认，我能怎么办？"

"我……"

"你什么你，你就是不想帮忙，你就是觉得麦柒都死了，帮不帮都一样！"

成思隼把手机挪开一段距离，开始安抚电话那头已经炸毛的苏媛："我真的不是那个意思，如果可以找到凶手，我当然愿意帮忙，可……"

"可什么可，你不是想帮忙吗？"

"是。"他不否认。

苏媛说道："那就等着，下午来××仓库，我在那里等你。"她说完，也不给对方反驳的机会就挂了电话。

成思隼看了看手机，不知道为什么，他接电话的那一刻就有种奇怪的感觉。

但要追究哪里怪，他还真说不上来，而且她约他的理由十分靠谱，让他想拒绝都难。他默默地安慰自己，算了，去就去吧，苏媛又不会吃了他。

当天下午，他就穿戴整齐准备出门，但是到了门口，他犹豫了一下，还

真相与爱情无关

149

是拿起手机给麦音发了短信。

他想，若自己真的出了什么意外，还有一个人可以求救。虽然麦音看起来冷冰冰的，且十分毒舌，但不知道为什么，在这一刻，他最信任的人却是她。

他坐上公交车，靠在窗边等待着到站。

03【有关苏媛】

苏媛挂了电话，就把手机放在了手边。她几次抬手触摸自己的长发，不知道为什么，她总觉得此刻的自己看起来十分恐怖，就像被恶魔蛊惑了一样。

手机响起，是岳鑫打来的。

"喂，我已经做完了。"她接到电话的那一刻，快速说道。

"谢谢。"岳鑫勾了勾嘴角，冲身旁的混混们比画了一个"胜利"的手势，然后继续说道，"都做完了，还不高兴吗？"

"还没到高兴的时候，他还没受到惩罚。"她死死地盯着角落里爬走的蜘蛛，看着蜘蛛网上挂着的蝴蝶。

蝴蝶挣扎，蜘蛛却不慌不忙。

"我会选择一个最适合他的惩罚方式。"岳鑫说到这里，露出了一抹淡淡的笑容，平时掩盖在镜片后的眼睛闪烁出邪恶的光。

"你说他会受到怎样的惩罚？"

　　"如果你很想知道，也一起过来吧，反正你知道时间和地点。"他劝诱道。

　　"不会妨碍计划吗？"

　　"不会。"

　　得到这样的答案后，苏媛走过去，一脚将蝴蝶和蜘蛛都踩死了。她眯着眼睛看着远处的高楼大厦，表情平静，答道："好的，谢谢你的帮忙。"

　　"不，我只是正义感作祟，再说了，很多事都是你自己来的，我只负责出谋划策。"他顿了顿，挂电话时用极小的声音说道，"实际上应该是我感谢你才对。"

　　一切计划是在两天前开始的。

　　因为连续下雨，苏媛的妈妈一直未能回家，苏媛无比幽怨地看了看窗外的雨，然后将泡面盒打开，一股蒜香飘在空气中。她咬着面条，大口大口地吃着，哪怕这款泡面的味道没有变过，她也无法像以前那样吃得开心，因为最重要的那个人不在了。

　　白色的热气在眼前飘散，她怔怔地看着墙上的照片，仿佛麦柒就在她对面。

　　"苏媛，你好重口味！"

　　"哈哈，这蒜味真酸爽。"她一边没心没肺地笑着，一边大口地呼气，把蒜味吹向麦柒，弄得她又捂鼻子又翻白眼。

以前的日子看似平淡，却是她最美好的记忆。

苏媛放下叉子，喝完汤的那一刻，身边的手机响了。苏媛皱了皱眉头，接了电话。

"喂。"是岳鑫打来的。

电话那头的声音略显不好意思，说道："我是岳鑫。"

"我知道。"苏媛擦了擦嘴，问道，"有什么事吗？"

"是有关成思隼的事。"他顿了一下，说道，"你真的那么想报复他吗？"

苏媛闻言，沉默了一下，她想，做梦都想。

"你现在还指望麦音报仇吗？"岳鑫问道。

"我……"苏媛说不出口，因为她已经不指望麦音了，尽管很多时候她没有表现出来，但是她心里已经否认麦音了。

更何况她现在已经怀疑麦音喜欢上成思隼了。

"我们见一面吧！"岳鑫淡淡地说道，"之前我说过，或许我可以帮你。"

他之前的确说过这样的话，那时候她只是把这句话当玩笑话。

"我们见面吧！"他再次说道。

苏媛点了点头，说道："你说吧，在哪里见？"

"月光咖啡厅。"

记下地点后，她就挂了电话，看了看纸上记录的地址，莫名地难过起

来。她不知道接下来会发生什么，只知道现在她在一步步地推开麦音。

"是她先对我不义的！"苏媛握着拳头，对自己说道。

当天下午她就去赴约了，地点是一家看起来很有格调的咖啡厅，一进门就能闻到浓郁的咖啡香味。

她来的时候，岳鑫已经到了。

"一杯蓝山。"她坐下后对服务生说道。

岳鑫看了看她，然后笑道："原来你喜欢喝蓝山，我也喜欢。"

苏媛没有搭话，而是开门见山地问道："说吧，叫我出来做什么？"

"真要说起来也没什么，就是看你好像很纠结。"岳鑫拿出一个牛皮纸袋，"虽然你可能把我之前的话当玩笑话了，但是我没有，听了你的话后，我做了很多调查。"

"有关什么的？"

"有关麦音和成思隼的。"岳鑫打开牛皮纸袋，"结果我发现了这个，我想，当初我的猜测并非一点儿证据都没有，她喜欢成思隼。"

苏媛的目光落在牛皮纸袋里的照片上。

虽然照片很模糊，看起来应该是晚上拍的，但她能轻易认出上面的两个人——成思隼抱着麦音，两个人相拥在教学楼下，照片左下角记录着日期。

"我记得那天。"岳鑫说话时露出了回忆的表情，"那天我们玩真心话大冒险，当时就是因为他们俩的争吵打断了游戏，这张照片就是在那之后拍的。"

真相与爱情无关

153

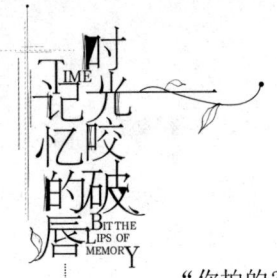
"你拍的？"苏媛冷冷地问道。

岳鑫收好照片的同时点了点头，说道："那会儿我路过那里看到了，然后拍下的。"

苏媛喝着咖啡，缓了好久才问道："你给我看这些照片的意图是什么？"

"我相信麦音。"他直勾勾地看着苏媛，"但我不相信成思隼。"

"我也一样，撇开这些，我和麦音还是朋友。"苏媛不知道自己在说这句话的时候，岳鑫露出了淡淡的笑容。

"我说过我会帮你。"岳鑫浅酌了一口咖啡。

"我有个问题一直想问你，你为什么帮我？"在苏媛看来，这件事情本与岳鑫无关。

岳鑫搅拌着咖啡，牛奶与咖啡混为一体，融合成浅棕色，他说道："这些事情我都知道了，你觉得我还能置身事外吗？"

"那真是抱歉了。"

"我没有埋怨你的意思，倒不如说我很感谢你。"他说得意味深长，苏媛一时不解。

苏媛吐了一口气，问道："你准备怎么帮我？"

"很简单，我们设下一个圈套。"岳鑫把自己的计划说了出来，他的想法很简单，让苏媛以"指认混混"为理由骗成思隼出来，然后岳鑫再找人教训他一顿。

报仇的过程很简单，和麦音的步步为营完全不一样。

"我考虑考虑。"苏媛说完，拎着包离开了座位。她不知道，自己离开时岳鑫露出了自信的笑容，因为他在她的眼里看到了挣扎。

只要给他一条缝隙，他就能破缝而入。

苏媛离开咖啡厅后并没有马上回家，她调头去了麦音家。

下雨了。

她撑着伞站在麦音家门口，按了门铃，出来迎接她的是麦音的妈妈。

"阿姨，我来看麦柒。"苏媛礼貌地笑道。

麦妈妈一边招呼她进屋，一边说道："麦柒前几天出门淋了雨，这两天一直发高烧。"

苏媛点头说道："昨天跟她打过电话，所以我今天来了，不过我没来得及买东西。"

"傻孩子，你在说什么呢，阿姨怎么可能要你的东西？你今天在这里吃饭吧！"麦妈妈摸了摸苏媛的脑袋说道，"阿姨给你做好吃的。"

"谢谢阿姨。"她在这一刻露出了开心的笑容，是真心实意的开心。

"麦柒在楼上的房间，你去找她吧，我去给你们做饭。"

苏媛直接上了楼，麦家除了正房外还有一个阁楼，麦音和麦柒一直住在阁楼。

自从麦柒出事后，阁楼就变得十分冷清。

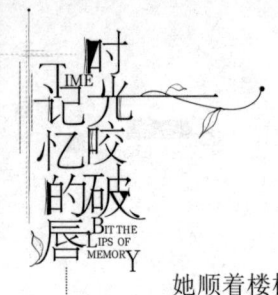

她顺着楼梯上去，在麦柒的房间里找到了麦音。麦音的脸上泛着不健康的红晕，沉沉地躺在床上。

"麦音。"苏媛喜欢在无人的时候叫麦音的名字，要不然她就会把麦音当成麦柒。

麦音听到有人叫她，迷迷糊糊地睁开了眼睛。她看着苏媛，脸上露出了惊讶的表情。

"你来了。"麦音的声音无比沙哑。

"嗯，你再睡会儿吧！"苏媛摸了摸麦音的额头，果然很烫。

麦音想要努力睁大眼睛，可是她的眼皮就像绑上了千斤重的东西，无力地闭上了。

她迷迷糊糊间感觉到有人在拨弄她的刘海儿，轻轻地，很温柔。

苏媛坐在麦音身旁坐了很久，其实只要不说话，任何人都分不清麦音和麦柒，哪怕说话，只要她们两个人愿意，就可以变成对方。

苏媛轻轻地替麦音擦着汗，看着她酣睡的模样。然而在这个时候，麦音说话了，她晃动着脑袋，披肩长发缠在一起。

"苏媛……其实成思隼没那么坏……他已经赎罪了……"她的声音断断续续，却让苏媛如同遭遇晴天霹雳。

有什么比从麦音嘴里听到这句话更可怕？

成思隼赎罪了？他做了什么？在苏媛的眼里，他除了欺骗麦音，什么都没做。

苏媛的指甲掐入肉里，疼得她说不出一句话，如果她不这样，只怕自己会哭出来。

苏媛深吸了一口气，将愤怒压下去，轻手轻脚地从麦柒的房间出来，走下楼。她要走，她要离开这里。

她怕她再不走，就会大声质问麦音。

"阿姨，我有点儿事先走了。"苏媛走到玄关，边穿鞋边说道。

麦妈妈从厨房探出头，问道："怎么就走？"

"突然有点儿事。"苏媛低着头不敢直视麦妈妈，她匆匆说完，打开门就走了，任凭麦妈妈怎么留也留不住。

她走在路上，雨还在下，她没有撑开伞，雨水混着泪水。她想如果不是出来得快，她一定会在麦家哭出来。

苏媛仰头看着天空，摸了摸胸口，有一种被背叛的感觉。

苏媛一回家就给岳鑫打了电话，说道："我……我同意你的计划，什么时候开始？"

她咬着下唇，做了决定。

"你想什么时候开始？"

"越快越好。"她吸了口气，"可我不知道成思隼的电话号码。"

岳鑫笑了，他握着手机，淡淡地说道："这个容易，我明天就把他的电话号码给你，打电话前记得跟我说一声，我好做准备。"

"明天你给我电话号码，我就打。"她狠狠地说道，"我要你们不只是教训他，而是……让他永远消失，你们做得到吗？"苏媛又补充道，"当然，一切责任由我承担。"

她觉得自己的血液都沸腾起来了，仿佛被逼到悬崖边的人，变得十分极端。

岳鑫愣了愣，随后说了一个"好"字，他之前还愁怎么无声无息地弄死成思隼，这一下倒是合了他的意。

"明天等你的电话。"

"再见。"

岳鑫挂了电话后，起身和其他混混打台球，他握着长杆，一球落网，谁也没听见他说："鱼饵落网，还差猎物。"

04【有关麦音】

雨后的阳光十分刺眼，我高烧已退，但是感冒还没有好透，然而这个时候我无法安心在家养病。我握紧手机，里面有成思隼给我发来的短信，之后我给他打电话时，已经关机。

我摸了摸福袋，不祥的预感依旧盘踞在我的心里。

顺着土坡下去，我来到苏媛的家，敲了好几下门，苏媛才开门。她懒懒地看了我一眼，仿佛什么事都没发生，问道："怎么了？满头大汗的。"

"成思隼在哪里？"我直接问道。

　　苏媛一开始装糊涂，一脸迷茫地问道："什么成思隼？"

　　我拿出手机，把成思隼发的短信给她看，质问道："你能解释一下吗？"

　　苏媛的脸色一变，皱着眉头说道："需要解释什么？"

　　"你知道那些混混？"我尽量让自己看起来很冷静，可是我做不到，我颤抖的声音出卖了我的心情。

　　苏媛摇了摇头，说道："如果我真的知道就好了！"

　　"那……"我像是明白了什么，抓着苏媛的肩膀说道，"你是想要惩罚他？"

　　"不仅仅是惩罚。"她看着我笑了，笑得很邪魅。我从没见过苏媛这样的笑容，在我的印象里，她一直都是一个很率真的人，从来不会露出这样的笑容。

　　"还有什么？"

　　"报仇。"她简单的两个字让我说不出话来。

　　"你……你想怎么报仇？"

　　我像是吃了一斤花椒一样，嘴唇抖个不停。

　　"狠狠地教训他。"苏媛现在的样子看起来十分可怕。

　　她说的话、她的神情……有关苏媛的一切突然变得陌生起来。

　　"怎么？心疼了？"她眉眼弯弯，像是在讲什么笑话一样。

　　"不可理喻，苏媛……你简直不可理喻！"我张着嘴巴，半天才说出这

么一句话。我眼前的苏媛是那么可怕，颠覆了我对她的印象。

"我怎么不可理喻了？"

"就算真的要报仇，也没必要这么做。"

"这么做很正常。"她说得轻描淡写，冷漠得像个陌生人。

"不，不是的。"我拼命摇着头，对她说，"的确，成思隼逃跑有错，但说到底，真正的坏人不是成思隼，而是那群混混。只是当初麦柒的信里反复提起成思隼，让我们的注意力偏移了而已。"

"可笑的理论，他们没什么区别，都该被教训。"苏媛的态度很坚定，扬着下巴看着我。

我不知道在苏媛身上发生了什么，只知道现在我不管说什么苏媛都不会听进去。我放弃了劝说，问她："那么你告诉我，成思隼现在在哪里？"

"我不会告诉你，但我可以给你一个提示。"她的眼里闪过一丝复杂的神色，手不自觉地蜷起。苏媛一紧张就会有蜷手的习惯，这一点还是麦柒告诉我的。

"看在我们做过好姐妹的分上才提示你的。"她淡淡地说道，"我不会告诉你，但你可以去问岳鑫。"

"岳鑫？"我十分诧异，这关岳鑫什么事？

苏媛趁着我诧异的时候关上了门，我拍着门叫着"苏媛"的名字，可是苏媛在门的那头迟迟不回话。

三分钟后，我的手机响起，苏媛给我发了一条短信："我不会说任何

事，去问岳鑫吧！"

我看着短信，知道门那头的苏媛一定哭了，因为个性要强的她只会用这种方式逃避他人的目光。

我握紧手机，问道："苏媛，你在哭吗？"

她没有说话，一时间整个走廊静悄悄的。

"我不知道你为什么哭，但是我只想对你说一句话。"我抿了抿嘴唇，对她说道，"我从来没有对不起你过。"

我知道，从我说成思隼没放弃麦柒开始，她就对我有意见，也知道她为此没少怀疑过我。可是我以为总有一天她会理解我，却没想到事情会变成这样。

我在苏媛家门口站了好久才离开。

我拿出手机，找到岳鑫的号码，拨了过去。

不管以前还是现在，苏媛都不会在关键时刻骗我，麦柒曾相信着她，我现在也相信她。

岳鑫的电话一直打不通，我像个无助的小孩一样又回到了苏媛家门口。这次任凭我怎么敲门，苏媛也不开门。

我一边打着岳鑫的电话，一边拍打着苏媛家的门。我的手拍红了，胳膊也麻了，当我放下手臂的时候，苏媛家的门开了，苏媛的面容再次落在我眼里，只是这次她问了我一个问题。

"我要去成思隼所在的地方。"她看着我，嘴角勾起，"你要和我一起

去吗？"

我看着突然转变的她，没有立刻回答，而是问道："为什么要带我去？"

"我不想带你，是你自己要来的。"她关上门，背对着我说道。

即使她的语气很平静，但是我隐隐有种不对劲的感觉。

"不过我要提醒你。"她把钥匙插入锁眼，对我说，"如果你去了，可能会后悔。"她的言外之意很简单，但我不得不去。

这一次苏媛真的玩大了，我不能看着她玩火自焚，还有我想知道岳鑫在这里面扮演了什么样的角色。

"走吧！"我后退了一步，给她让出一条路，她看了看我，开始下楼。只是我没注意到，她在背对着我关门的时候悄悄给岳鑫发了一条短信："按你说的，我会带她去的。"

我跟在她身后下了楼，她前我后，默默地走着。这一刻，我的思绪转到了岳鑫身上，突然回忆起岳鑫之前一连串异样的举动。

岳鑫是那次在食堂里和我一起吃饭后才变得奇怪的，那次在食堂里，除了他，我还见到了几个绿头发的学长，等等……学长！

我看着苏媛的背影，忍不住做了一个大胆的猜测，或许那几个学长和姐姐的遇害有关，或许他们就是当时的那群混混。

第八章
Chapter 08

01【有关苏媛】

苏媛站在车站牌前，麦音站在她身边。

"苏媛。"

当麦音出声时，她没有回应，脸上透着一丝冷漠。

麦音看着她，她看着前方，陷入了沉默。

车还未到，苏媛立起领口，她的手放在兜里，兜里的手机响个不停。她感受到手机的震动，却没有接电话，思绪忍不住回到了之前。

在两个小时前，她接到了岳鑫的电话，那个时候麦音站在门外，拼命地敲着门。

"喂！"

苏媛接了电话，电话那头传来一阵杂音以及岳鑫的声音，岳鑫的声音有些模糊："你……你在哪里？"

"在家。"

"你帮我去看看麦音好吗？她不断地给我打电话。"或许是因为在做坏事，麦音这样不断给岳鑫打电话的行为让他有些敏感和恐惧。

其实苏媛知道，岳鑫更想问她是不是跟麦音说过什么。

"她来找过我，她说成思隼给她发了一条短信。"苏媛换了一只手拿手机，而门外还是"砰砰"的响个不停，"短信上说我把他叫出去指认那些混混。"

"你……你怎么说的？"岳鑫立刻结巴起来。

苏媛觉得有些好笑，她说："能怎么说？我让她给你打电话了，但我并没说你和这件事有关，只是让她给你打电话。"

"如果我接了怎么办？"他略带不满地说道。

"我相信你不会接。"苏媛轻轻一笑，继而肯定地说道，"你就算接了，也能圆过去。"

岳鑫被她弄得有些无语，他沉默了，事情到了这一步，他就不能放着麦音不管，尤其是她收到了那条短信。

"你让她找我……是因为你无法亲口和她说吗？"

"我已经说了。"

"无法说第二遍了吗？"

苏媛靠在墙上，慢慢地跌坐在地上："随你怎么说。"她的话从某种角度来说是承认了岳鑫的猜测。

岳鑫慢悠悠地吐了口气，扭过头看了看身后被绑住双手双脚的成思隼，说道："带她过来吧！"

"你要让她过来？"苏媛皱了皱眉头，问道，"为什么？"显然她认为

让麦音来有些不妥。

"东窗事发。"岳鑫仅用四个字就让她明白了带麦音去的理由，为了安慰她，岳鑫补充道，"放心，我不会对麦音做什么的。"

"那叫她过来做什么？"

"是她自己想来的！"

听到这样的话，苏媛也不吱声了。

岳鑫在电话那头发出了无可奈何的叹息，说道："放心吧！"

"我知道了。"苏媛说完这句话就挂了电话，此时她还能听到麦音在外面敲门，一声高过一声，有种要把门敲破的架势。

"苏媛，我们不是好朋友吗？开门告诉我吧！"

"苏媛，你难道不相信我吗？"

……

麦音的每一句话就像一把刀一样割在苏媛的胸口，痛得她无法自己。她不知道成思隼到底给麦音灌了什么迷药，竟然能让她这样。

苏媛看着镜子里的自己，眼眶红红的，这一刻她突然有些心疼自己，她居然为这样的朋友而哭泣。

苏媛把手机放在口袋里，穿好外套后打开了门。麦音没想到她会开门，手差点儿没收回来而打到苏媛。

"我要去成思隼所在的地方，你要去吗？"她没在意麦音的手有没有碰到她，她在意的是麦音的回答。

　　苏媛了解麦柒，也了解麦音，麦音和麦柒不同，她是一个十分敏感且难搞的人，所以只能像钓鱼一样钓着她，不能直白地说要带她去。麦音果然上钩了，两个人来到了车站，一路上麦音说了很多，可是苏媛一句话也听不进去，麦音不知道即将面对的是什么，而她知道。

　　苏媛被驶来的公交车吓了一跳，她回过神看了看身旁的麦音。此时麦音正看着她，仿佛在揣测她的心理活动。

　　"上车吧！"苏媛率先走上车，麦音紧跟其后，两个人坐在双人椅上，都没说话。

　　过了许久，麦音才说道："苏媛，你觉得成思隼和那些混混哪个更可恶？"

　　她的话让苏媛有些想笑，哪个更可恶？这种问题麦音不是第一次问了，她只是在变相地维护成思隼罢了。

　　"都一样。"苏媛毫不留情地说道，"或者说成思隼更可恶。"

　　麦音不解地问道："为什么？"

　　"因为成思隼是见死不救。"苏媛给了她一个意料之外的答案，"并且之前很多事情的起源都是成思隼，我想如果没有成思隼的话，麦柒也不会离开。"

　　"那……即使报复他了，又能怎样？"麦音轻声问道，只是此时苏媛不想再回话了。

　　此时，苏媛的手机响了，震动声让她微微蹙眉。苏媛最终拿出了手机，

她感觉自己拿出手机的那一刻，麦音的眼睛亮了。

显然麦音认为这是一个和成思隼有关的电话。

"喂。"苏媛接了电话。

"你们到哪里了？"这一次岳鑫的电话里没有杂音了。

苏媛看了看身旁，说道："快到了，还有三站路。"

"快一点儿，一切都准备好了。"岳鑫的声音有些兴奋。他掩饰得不错，但苏媛还是听出来了，她和岳鑫聊了几句后挂了电话。

"麦音，我们快到了，你要是后悔还来得及。"

这是苏媛在车上说的最后一句话，那个时候麦音不理解这句话的意思……

02【有关苏媛】

"××站到了，请下车的乘客在后门下车，下一站……"公交车的报站声响起时，苏媛和麦音已经并肩站在了车后门。

麦音下车时特意扫了一眼站牌，然后跟着苏媛下了车。

苏媛下车后拿出手机，问道："麦音，你真的不后悔吗？"

"不后悔。"麦音示意苏媛不要再说了，却不知道苏媛在这一刻眼底露出了挣扎之色。

她点了点头，说道："往这边走。"她边说边往一个仓库走去。

"苏媛，你还记得你当初带我去学习散打的事情吗？"麦音有意无意地

提起了以前的事情。

苏媛点了点头，学散打算是近期的事，所以她记得很清楚。

麦音笑了笑，不爱笑的她此时露出的笑容十分僵硬，即便这样，她还是笑着说道："或许你不知道，那个时候我有些嫉妒麦柒了。"

"嫉妒麦柒？"苏媛愕然地问道。要知道麦柒和麦音的关系一直很好，姐妹俩从未吵过架，麦柒不管做什么事都会想到麦音，可以说这个世界上对她们来说没有谁能代替彼此，包括苏媛也不能。

"嗯。"麦音充满向往地说道，"因为我除了麦柒就没有朋友，所以你是我的第一个朋友。那段日子你对我很好，是你教会了我什么是朋友，我当时有些嫉妒麦柒，因为她比我先认识你。"

苏媛会在她的例假期给她热乎乎的红糖水，会在下雨天撑着伞来接她，会在她全身青肿的时候给她擦药，要知道在苏媛之前，麦音是一个朋友都没有的。

苏媛的脚步迟缓了几秒，即便她知道麦音说这些是为了打感情牌，但她还是忍不住停下来。

女生就是这样，纠结而又矛盾。

"麦音。"苏媛叫出了她的名字，"如果你肯放弃成思隼的话，我们还是无话不谈的朋友，我会像对待麦柒一样对你。"

"抱歉，即便嫉妒，我也不得不承认，在你心里麦柒只有一个。"苏媛没想到麦音连考虑都没有考虑就直接拒绝了。

苏媛握紧拳头，没有说话，她不否认麦音说的话。

此时两个人已经来到了废弃仓库门口，苏媛向前一步想要推开仓库门，就在那一瞬间，麦音出声了："等等。"

"怎么了？"苏媛问道。

"我可以相信你吗？"

"我不会背叛你。"

苏媛回答得模棱两可，但对于麦音来说已经够了，麦音说道："我想上洗手间。"

"这么巧？"苏媛皱起了眉头。

麦音耸了耸肩，装作无奈地说道："难道大小便这种事也要看场合？"

苏媛知道自己说不过麦音，索性转过身说道："走，我们去那边上。"

旧仓库里全是男生，她们只能去另一头上厕所。

苏媛带着她走了几分钟，指着一处无人看管的公共厕所，说道："去那里解决吧！"

麦音点点头，走进了厕所。苏媛由于嫌弃太臭，就在厕所门口等她。

麦音进入厕所后，顾不上难闻的臭味，拿出了手机，她要报警！

在得知苏媛等人要陷害成思隼时，她就想过报警，可是那时候她不知道地址，哪怕报警也没用。为了找到地址，她想尽了各种办法，现在终于逮到机会了。

一阵"嘟嘟嘟"声后，有人接听了电话："您好，有什么可以帮您

的？"

"我现在在……"麦音快速报出了地址。

"喂？"电话那头的人问道，"请您再说一遍可以吗？您那里的信号太微弱了。"

麦音刚准备重新报一下地址，苏媛的身影出现在厕所里，她冷冷地看着麦音，眼里带着不信任，质问道："你在干什么？"

"我……"麦音没想到苏媛会突然进来，此时电话那头一直"喂喂"地叫个不停。

她下意识地挂了电话，但是晚了一步，苏媛冷冷地看着她，说道："我们出去吧，我不想在这里对你做什么。"

麦音很聪明，深知自己的处境。她点了点头，跟着苏媛走了出去，两个人再次来到仓库前，一路上苏媛对于她打电话报警这件事只字未提。

麦音在这一刻忍不住庆幸，如果不是苏媛，而是其他人跟着她的话，她想此时自己肯定很危险。

仓库门一打开，里面就传来浓郁的废铁味。麦音跟在苏媛身后，往前走着，不知道走了多久，岳鑫和三个绿毛男的身影出现在她的眼前，然而她最先看到的不是他们当中的任何一个，而是被绑起来的成思隼。

"来了。"岳鑫看到苏媛点头，然后将目光投向了麦音，他的眼底带着无奈、不忍以及坚定。

岳鑫说道："麦音，好久不见。"

"嗯。"麦音习惯在别人面前装出冷淡的一面，她双手抱胸说道，"能给我解释一下现在是怎么回事吗，班长？"她说话时看向了被绑在椅子上的成思隼。

他的手脚被人绑着，嘴里塞着一块布，衣服虽然有些脏，但是脸上没有什么伤。此时他看了看麦音，眼底闪过一丝担忧。

他"呜呜"地冲麦音叫了几下，可是麦音根本不理解他的意思。这时，岳鑫走过来踹了他一脚，对麦音笑道："你马上就知道了。"

岳鑫说这句话时收敛了不少情绪，而他的目光也落在站在最后的那几个男生身上。

03【有关麦音】

我的确马上就知道自己面临的是什么了，岳鑫说完那句"你马上就知道了"后，就让开了路，那几个绿头发的学长走过来，离我最近的学长一把抓住我的头发，把我摔在地上。

我立刻转过身瞪着他们，此时成思隼也激动地动弹起来。

我抬起头，冷声问岳鑫和苏媛："这是怎么回事？"

"你以为我带你来会一点儿目的都没有吗？"她冷声对我说道，"我在路上问了你无数次，也告诉过你你会后悔的。"

那一刻，我有种被苏媛背叛了的感觉，心脏随着她说的话而抽搐，痛不欲生。我被学长绑在椅子上，坐在成思隼旁边。自始至终我都没有看那些混混一眼，我将目光投向了苏媛，她明知道危险，明知道这一切，可她任由我跟着她过来了，是什么让苏媛变成了这样？

"你不是苏媛。"我低声说道，"真正的苏媛会给我带红糖水，会吃到我喜欢吃的东西时留下给我，会在雨天为我撑伞……总之不会害我。"

苏媛轻笑一声，说道："那样的苏媛已经被你毁了。"是的，在麦音原谅成思隼的那一刻起，苏媛就不再是苏媛了。

苏媛看我不说话，接着说道："如果你按照之前的计划报复成思隼，我也不会这么对你。"

苏媛不知道，当她说完这句话时，我露出了失望的表情，就连成思隼也在这一刻垂下了眼帘，仿佛在感慨苏媛的变化。

此时，混混们插话道："现在怎么弄？"

"把他们解决掉。"发话的是岳鑫，他冷冷地看了看我，又看了看成思隼，加重语气说道，"两个一起！"

岳鑫说得很坚决，我注意到他在说这句话时苏媛也愣了一下，仿佛她也没想到对方会这样对我。她张了张嘴，最后还是闭上了嘴。

岳鑫也注意到了她这个反应，他低着头，让我看不到他的表情，他说："我无法不这样做，如果我们当着她的面动成思隼，她一定会告发我们，到时候我们谁也逃不掉。你也不想为了成思隼这种人坐牢，也不想我们被牵连吧！"

岳鑫的话让苏媛想到了在厕所里我报警的事情，她的脸上虽然有挣扎之

色，但最终她还是选择了默认。

她放弃了我，那个对我好到不行的苏媛放弃了我。

我吸了吸气，他们给我塞了一块布，我和成思隼一样说不出一句话来。

苏媛没有看我，她扭过头问岳鑫："你们准备好了？"

"嗯。"岳鑫说道，"我们会好好教训他们的。"

苏媛点点头，说道："你们开始吧，我在外面等你们。"

岳鑫做了一个"OK"的手势。

眼看着苏媛就要走了，我立即慌了，可以说整个仓库里，我唯一的战友就是她了，即便她背叛了我，可我还是信任她，再者，我想把心里的猜测告诉她。

我被塞住了嘴巴，不管怎么哼哼都无法连成一句话，而其他人也没有理会我的意思，包括苏媛。她转过头看了看我，然后把头转了回去。我来回摇摆着身体，试图让自己摔倒。然而就在我努力摇摆时，椅子腿一倾斜，我猛地摔在了地上，为了吐出嘴里的布，我特意面朝地，可以最先与地面撞击。我的脸与身子同时倒在地上，在与地面撞击时，那块布掉了下来。

我忍着牙痛，说道："别……苏媛别走，我有话……"我费力说出了这八个字。

本来要走的苏媛停下了脚步，她看向了岳鑫，而这一刻，岳鑫露出了担忧的神情。但他没有说什么，用这种方式默许了一切。

"我有件事想和你说。"尽管每抽动一下，牙就痛得烧心，但是我不得

不说话，为了活下去。

"什么事？"别说苏媛了，就连岳鑫也好奇起来。

"我有一个猜想。"我看了看岳鑫身后的三个学长，"这三个学长以及岳鑫就是当年非礼麦柴的真正凶手。"

我的话音落下，别说苏媛了，就连她旁边的岳鑫以及一直无法说话的成思隼都吓了一跳，苏媛想都没想就回复了我三个字："不可能。"

"为什么不可能？"我眯着眼睛快速反问道。

这个反问让苏媛语塞，她不知道该怎么回答我，一直摇着头，不是她不怀疑，而是她不愿这么想。

"岳鑫什么都不知道，很多事都是我告诉他的。"

"可笑，你怎么知道他不是为了确认才接近你的？"我觉得口腔里充满了血腥味，可即便这样，我依旧要说下去，"岳鑫，难道你没什么想说的吗？"我略带挑衅地看着岳鑫以及那几个绿头发学长。

"有。"岳鑫率先开口，看着我说道，"证据呢？你认为我们是凶手的证据呢？"

"证据自然有。"我轻轻一笑，其实根本没有什么证据，但是我知道这个时候如果我说"没有"，苏媛更不会相信我说的话，"但并不是什么大证据，所以你可以理解成是我的猜想。"

这一刻，我看到岳鑫紧紧握起的拳头，他紧张起来了。看到他这样，我更加认定了自己的想法，我吐了一口血沫，继续说道："最开始怀疑你们是在第一次见面，你身后的那个学长看到我的反应太大了，这种奇怪的反应让我注意到了异样。"

我说话的时候偷偷观察着岳鑫身后的那三个人，他们的脸色随着我的话逐渐变了，我接着说道："在那之后，岳鑫，你总是有意无意地聊起我高中时代的事情，这让我有些诧异。虽然我不是姐姐，但我也知道你和姐姐不是同学，更不认识，否则你第一次看到我时就不会像对待陌生人一样对待我了。"我顿了顿，继续说道，"我记得你当时问我高中时代的事情，用的理由是喜欢我，这个理由更让我觉得好笑。"

"你以为用这么蹩脚的理由，我就会被你忽悠吗？"面对我的反问，岳鑫露出了一排牙齿，雪白的牙齿配着阴森森的笑容，让我有种不好的预感。

突然，苏嫒开口问道："你的那个小证据是什么？"

"我曾去打听过那些学长染发的日期，在六月十日，就是麦柒出事的第二天，也是麦音的忌日。"我看着那三个绿头发学长说道，"当时他们特意找了家又老又破的店，店主还是个老头。"我的意思很明显，世间没那么多巧合。

"我想你们是想在警察来之前伪造一个不在场的证明，趁老头不注意把顾客登记日期改成了六月八日。"我的目光如鹰，直勾勾地看着他们，"可万万没想到，店主虽然年纪大，可记性还是很好，尤其是你们的绿毛让他印象深刻。"

听我说了一大通，岳鑫的笑容没有收起，反而更加灿烂。

我说着说着，突然停了下来。

"怎么不说了？"岳鑫抬起头看着我，宛如一条毒蛇，不是我不想说，而是我没法说，因为那三个学长全部站在了苏媛身后，挡住了她离开的路。

再说下去，苏媛就危险了，显然这一点苏媛也察觉到了，但是相比被人挡住出口，让她更愕然的是迫害麦柒的凶手一直在利用自己。

苏媛愣愣地看着我，像个木讷的娃娃。她想要说点儿什么，可她什么也说不出来。

她被震撼到了，复杂的情绪在胸口爆炸，突然，她变得不知所措起来。

04【有关麦音】

这一刻，整个气氛十分静谧。

过了许久，苏媛才抬起头看了看身后的三个学长，最后把目光移到岳鑫身上，一字一顿地问道："你从一开始就骗我？"

岳鑫双手抱胸地看着苏媛，脸上浮现出一丝狠戾，之前的少年气息在这一刻荡然无存。他居高临下地看着苏媛，没有露出丝毫歉意，勾唇笑道："是又怎么样？"

苏媛怔怔地看着和之前判若两人的岳鑫，心里像是砸了一块石头，问道："一切都是真的？麦音说的一切都是真的？"

岳鑫点头应允了："是的，能把人弄到这里，还多亏你帮忙。"他露出残忍的笑容，刺激着苏媛的神经。

　　"如果不是你想要报复成思隼，我也无法通过你把他们聚集起来。"岳鑫看着她说道，"所以我还是要谢谢你。"

　　我心疼地看着苏媛，从头到尾我都没有埋怨过苏媛，哪怕到了这一步，我也愿意相信她，仅凭着她是我朋友这点。

　　"够了，是我自愿和她来的。"我紧紧地咬着牙，恶狠狠地看着岳鑫。

　　岳鑫突然笑了，他蹲在我对面，食指和拇指捏着我的下巴，迫使我与他对视，他说："你对她可真够好，可是你知道她是怎么对你的吗？她现在是想让你送死。"

　　"那我也认了。"我扬着下巴，一字一顿地回复他。

　　岳鑫看了看我，突然哈哈大笑起来，声音十分大。他笑了好久，就连苏媛身后的那几个绿毛学长也跟着笑了，笑容里满是嘲讽。

　　"你知道我为什么要抓住你们吗？"岳鑫看似在转移话题，他的目光落在了成思隼身上，说道，"我一开始就看你不顺眼，成思隼！"

　　被牢牢绑住的成思隼一直很平静，他除了在见到我时很紧张，此后一直很平静。岳鑫走到他面前，一拳砸在他的脸上。

　　"就是因为你这张脸，我做了无数努力都白费了。"岳鑫抓住他的衣领，"我一直都在想，如果你不在我们班该有多好。"

　　我皱了皱眉头，这是典型的小人心理，虽然在那次之后，我就觉得岳鑫没有表面上那么好，但是此刻看来我还是太低估他了，岳鑫比我想象的还要阴险。

不知道他打了多少拳，打到成思隼嘴里的布都掉在了地上，白色的布上沾染了一片血迹，成思隼的脸肿了一个大包，却一声也不吭，像是不服输般瞪着岳鑫。他的眼神激怒了岳鑫，打得一下比一下用力。

看着满脸是伤的成思隼，我突然有些心疼了，我说道："岳鑫，你以为你打了成思隼，别人就会像对待他一样对你吗？"

岳鑫的拳头突然停下，他转过头看着我。此时的他眼镜掉在了地上，他弯腰捡起眼镜，朝我走来。

我在成思隼眼里看到了慌张，他费劲想要起来阻止岳鑫，可是他动弹不了。他一张嘴，吐出的是一大口血沫，让他说不出一句话。

"不……"他用尽全力才说出这一句，平日里漂亮的眸子在这一刻更是熠熠闪光，带着几分悲哀和埋怨。

他在为苏媛悲哀，他在埋怨我插手。

或许我们当中，成思隼才是承受最多压力的那个人，恍然间，我产生了这样的想法。

岳鑫走到我面前，看着我，眼里带着不屑，说道："你把刚刚的话再说一遍！"

"凭什么你让我说我就说？"我抬起头看着他，明明很害怕，却又倔强地说道，那一刻我在岳鑫的眼底看到了一丝戏谑。

他凑到我的耳边，低声说道："放心，无论你说什么狠话，我都不会打你，我……"他顿了顿，笑道，"我会让你经历你姐姐所经历过的事情。"

我浑身一颤，瞳孔收缩，麦柒所经历的事情，那岂不是……

我连忙看向岳鑫，此时他已经起身，看着我说道："你说这次成思隼还会逃跑吗？"

岳鑫饶有兴趣地看着我，却让我浑身战栗。

"学长，这样轻易放过麦音会不会有点儿可惜？"他扭过头对那几个一直抱胸围观的绿毛学长谄笑道，"要不要……"

他说得很隐晦，但学长们都不是什么好人，这一刻都了然地笑了。他们缓缓向我走来，带着无形的逼迫。

"也是，让她那么死掉的确有些可惜，正好满足一下我们！"领头的学长笑着接话道。

我想要后退，可是手脚被绑住，使不上半分力气，而离我很远的成思隼则像是疯了一样怒吼着，他的眼里满是愤怒。

就在我以为我完了的时候，苏媛跑过来伸开双臂，挡住了所有人，护在我身前。

"不许碰她！"我能感觉到苏媛的小腿在发抖，她的声音带着哭腔，但即便这样，她也硬着头皮挡在了我身前，重复道，"你们谁也不许碰她！"

她的反抗换来了那几个学长的大笑，他们一开始就没把苏媛当回事。他们推开苏媛，往我这边走来。

苏媛扭过头，一口咬住了学长的胳膊，她咬得十分大力，被学长一脚踹倒在地上。学长看着苏媛留下的牙印，眉头皱起。

苏媛擦了擦嘴，晃晃悠悠地站起来。虽然她和我一起学了一个月的散打，但毕竟对方是经常打架的混混，还是男生，对付我们就和对付一只蚂蚁一样简单。

"苏媛……"我叫着她的名字，心里无数次祈祷她不要站起来，可是我的祈祷没用，她看着岳鑫，逼问道："为什么？为什么一定要让他们死？麦柒发生那种事情，我们谁也没报警……"

"真是幼稚的问题。"接话的是离我最近的学长，他说，"那个小子被我们揍过，看过我们的长相。"

"那么麦音呢？"

"这个女孩本来没事的，要怪就怪那个男生给她发了短信。"他看了看岳鑫，继续说道，"所以他俩都该死。"

我抿着嘴，他们不知道，成思隼根本没看清他们的长相。我看着跌坐在地上的苏媛，看着逐渐靠近的男生，绝望了，这一刻我终于能理解麦柒那时的心情了。这一刻，我连挣扎的勇气都没了。

"等等……我劝你们快走比较好。"说话的是成思隼，他的声音依旧有些含糊不清，但起码能说清楚一句话了，我们都看向他，而他却看着岳鑫，"我已经报警了。"

这一句话让所有人都震惊了，报警了？

"如果你们再在这里浪费时间，估计会落网吧！"成思隼笑了，满嘴是血，但依旧笑着，"我倒是无所谓，能把你们拉下水就足够了。"

"你……"

岳鑫想要揍他，却被一个学长拦住了，他故作镇定地说道："别听他瞎说，他在忽悠你，他要是报警了，早就说了。"

然而回应这个学长的是一阵警报声，熟悉的警报声在仓库周围响起，我扭过头看着成思隼，成思隼的表情有些愕然。此时，我不禁想到之前在厕所里打的那通电话，说不定成思隼说报警只是吓唬岳鑫他们，就如学长说的，如果他早报警了，就不会等到现在才说。我想警车之所以来，或许是我之前那一通电话的缘故。

警报响起的那一瞬间，岳鑫和那些学长的脸色都变了，他们互相看了看，又看向了成思隼。

成思隼愣了一下，随后淡定起来。此时他努力压制自己的慌张，想要尽快冷静下来，他对眼前的人说道："这里旧仓库那么多，你们速度快点儿还有可能跑得掉。"

"闭嘴！"岳鑫狠狠地踹了他一脚，显然是怒了。他听着越来越近的警报声，心里慌张起来，连续吐了好几口气才平息自己的怒意。

岳鑫冷冷地看着所有人，沉吟了几秒后，问其他人："我们现在该怎么办？"

"跑。"其中一个学长说道，"我们分开跑，就算有谁被抓住了也不能曝出其他人。"

"先把手机拿出来。"他们纷纷掏出手机，将里面的卡折断，这样他们

之间的联系就断了。

岳鑫做完这一切后，看了看我们三个人，问道，"那他们三个呢？"

"留在这里。"绿毛学长看了看我们，说道，"带着是累赘。"说完他们就朝不同的方向跑去，一刻也不愿耽搁。

岳鑫没有急着走，沉默了几秒后，一把拽过我，说道："我想好了，我要带着你走，哪怕事情到了不可挽回的地步，我还可以把你当人质。"岳鑫边说边帮我解开绳子，拉着我说道，"别耍心眼。"

他重新把布塞进我的嘴里，其实我知道岳鑫的想法，他想此时虽然麦柒的事情警察没证据，可是想要证据很简单，早晚都会发现他们所做的事情。他也知道自己之所以在麦柒的事情发生那么久后都没有被抓，是因为我们没报警。

但是这些道理他无法和那些学长说，即便说了也只是浪费时间，所以他宁可拿我当人质逃脱。

我被他拉着没走几步就停了下来，是成思隼拉住了他。此时成思隼趴在地上，抓住他的脚踝，不断地咳嗽，眼睛没了焦距。

岳鑫嫌恶地踹开成思隼，咬牙切齿地说出一个"滚"字，我知道岳鑫最讨厌的人不是我，也不是苏媛，而是成思隼。

可是无论他怎么踹成思隼，成思隼就是不肯松手，他死死地抓住岳鑫的脚踝，力气大到指甲隔着袜子掐入了他的肉里。

"放开她。"我不知道成思隼是不是有意识的，他不断重复这句话，瞳

孔里的光渐渐暗下去，虚弱得不堪一击。

此时岳鑫终于把成思隼踹开，然而还没来得及走一步又停了下来，这一次是苏媛，她的力气显然大多了，她说："放下麦音，我跟你走。"

"呸！"他吐了一口口水在苏媛的脸上，也一脚踹开了她。

岳鑫看着我，说道："我就是要你做人质，因为你对他们来说是重要的东西。"

岳鑫想毁了我，要毁了对成思隼来说重要的我。

我的胸口像是被人打了一拳，有种窒息的感觉。我看着怎么爬也爬不动的两个人，看着缓缓闭上眼睛的成思隼，一句话也说不出来。我挣扎着摔倒在地上，想要触碰他们两个人，却够不着。

岳鑫不耐烦地扯住我的头发，力气大到像是要把我的头皮拽下，怒斥道："你不想我现在杀了他们，就配合点儿。"他说着，从身后拿出一把小刀。

我看着刀，忍不住抿起嘴，由他拉着我往顶楼走去，因为警报声已经到了仓库门口。

我看着他们，配合着岳鑫。

如果成思隼还清醒的话，我想对他说："谢谢你坚持到了最后。"

第九章

Chapter 09

迷　　　　路　　　　的　　　　曙　　　　光

01【有关麦音】

我被岳鑫拉着往仓库的天台跑去，我一路跟跄，身体摇摇欲坠，但是我不得不继续往前，因为岳鑫根本不会给我喘气的机会。

不知走了多久，突然听到"哐"的一声巨响，岳鑫扶着有些破碎的眼镜。我知道警察来了，那一声巨响应该是他们闯入仓库的声音。想到这里，我的心里莫名地安稳了不少，起码苏媛和成思隼可以得救了。

"你安心了？"岳鑫转过头看着我，语气带着嘲讽，像是对我发泄不满。

我没有看他，更没有理会他的话。岳鑫的脚步更快了，他扯着我的头发，拉着我前进。

我们一路走向天台，我不知道他是怎么想的，但我知道他只能不断往上跑，因为警察已经到楼下了。

我不断地往下看，岳鑫终于爆发了，他拉着我说道："你还是担心你自己比较好。"

我咧嘴一笑，用尽力气甩开他的手，说道："我看这句话还是说给你自己听更合适，难道往上跑就有出路了吗？"

"你想说什么？"岳鑫问道。

"自首吧！"我认真地对他说道。

岳鑫的表情僵了几秒，然后笑起来。他蹲在地上，抱住自己的脑袋，说道："你说什么？自首？凭什么？"

他抬起头看着我："明明我连你姐姐一根汗毛都没碰过，凭什么我要自首？"

他的话让我愣了愣，我一直以为他对麦柒做过什么，否则他就不会这么希望我们死掉。

"动手的是他们，提议的是他们，凭什么我要自首？"岳鑫极其认真地对我说，"我什么都没做错。"

他说自己没做错。

"我当时也是被逼无奈。"他当时被叫去望风，所以他什么都没做，哪怕这样他也是同谋。

仅仅是个同谋罪也能毁了他，就是因为他什么都没干过，反而要被定罪，所以他比那些混混更怕被抓住。

我突然有些可怜眼前的岳鑫，可是我知道一个道理，可怜之人必有可恨之处，若论起胆小，那么他比成思隼胆小无数倍。

"其实你才是最胆小的人。"我冷冷地说道。

他愣了愣，眼里带着不甘，反击道："不是的，我不是的。"

我蹲在他对面，与他平视，问道："那当时你为什么没救我姐姐？难道她没有呼救？"

"她有。"岳鑫避开我的目光，"当时只有我一个人闭着眼睛，没有正眼看过她，所以她的声音我记得很清楚。"

麦柒的救命声他记得很清楚。

"那你为什么不救她？"

"我迫于无奈。"

"其实你只是胆小罢了。"我冷冷地说道，"你不需要辩解，因为你没有资格辩解。"

"不对，我不是胆小鬼，真正的胆小鬼是成思隼。"他说道，"是他先跑的，是他先抛弃你姐姐的。"

我眯起眼睛，胸口燃烧着熊熊怒火，我说道："成思隼后来回去过，他是害怕过，但最终他还是选择了回来，他比你好上不知道多少倍。"

我站起身，指着他身后的楼梯说道："你跑啊！不管你跑到哪里，都会有人找到你。成思隼从这里出去，他依旧是风光的成思隼，而你岳鑫只能像丧家之犬一样拼命逃窜。"

岳鑫突然沉默了，他不再说话，而是抓住我的胳膊，死死地拽着我往楼顶走去。不同于刚刚，这一次他毫无保留，而楼下传来警察的声音，他像是没听到一样，不知道爬了多少层，我才看到仓库天台的小门，他走到门口时停下了脚步。

"麦音，如果我活不下去，你也别想活着。"岳鑫看着我说道，"如果这个世界上没有你，我或许还是那个平凡的岳鑫。"

他认为一切的根源在我身上，如果不是因为我和麦柒长得一模一样，他也不至于重新犯错。

他把所有的过错全部赖在了别人身上，仿佛自己好到无可挑剔一般，这样的岳鑫让我既恶心又愤怒。

我站在他身边对他说："真恶心。"

"什么？"

"我说你真恶心。"我看着他，"我曾经说成思隼恶心，可是我错了，如果我能活下去，我一定会跟他道歉，因为真正恶心的人是你。"

岳鑫不说话了，我从他眼底看到了浓浓的怒意，其实我知道岳鑫特别讨厌别人在他面前夸赞成思隼，因为他嫉妒成思隼。

男生嫉妒起来往往比女生更可怕，也更极端。

他沉默地推开门，那一扇门很小，却在打开的一瞬间刺痛了眼睛。此时外面的雨停了，阳光打在我们身上。

"我会让你为自己说过的话感到后悔。"他拉着我，"我比成思隼好！"最后那句话像是给自己打气一般，让我觉得好笑。

"你知道我为什么带走你而不是其他人吗？"

"因为我对他们来说最重要。"对于苏媛来说，成思隼是死是活都无所谓，而对于成思隼来说，我比苏媛更重要。

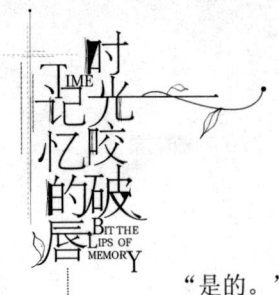

"是的。"

就在这时，一群警察冲了上来。那些警察穿着蓝黑色的制服，携带着枪支。他们跑上来的时候看到我与岳鑫推搡，此时我的半个身子都在门外，而门的那一头是空的，一旦出去就会坠落身亡。

"你们再往前一步，我们就一起跳下去。"岳鑫在警察面前显得很冷静，他紧紧地拽着我，让我半个身子在外面，无法动弹。

此时，一名警察上前，他举起双手开始劝说岳鑫，而半个身子在外的我看到一名警察身绑安全绳，从上往下一点点下滑，想要救我。

从上面爬下来的警察一边看着岳鑫一边靠近我，眼看伸手就能抓住我了，岳鑫却突然松手了。那一刻，我拼命伸手想要抓住警察的手，而那名警察也立刻抓住了我的手。

我看到岳鑫因为重心不稳而跌倒的身影，他背对着大地，阳光照在他脸上，我看不到他的表情，只听到巨大的"砰"声。

我被救回了仓库，然而岳鑫却死了。

那天晚上我梦见了麦柒，她在梦里抱着我，迟迟不说话。

隔天苏媛来医院看我，她包扎着伤口，静静地坐在床旁，就像我得了阑尾炎那次一样。

苏媛没待多久就离开了，离开时对我说："成思隼的情况你不用担心了，他没多大的事。"

"嗯。"我点点头，在她迈出病房时，突然叫住了她，"一个人住院挺

无聊的，以后……常来看我吧！"

我不擅长和别人交流，也不知道如何挽留别人，只知道自己蹩脚的理由让苏媛笑了笑，我觉得那是我认识她以来露出过的最好看的笑容。

她离开后，空荡荡的病房里只剩下我一个人，不知道为什么，我突然有点儿想念成思隼了。

02【有关成思隼】

成思隼从病床上下来，他住的是多人间，里面还住着老人小孩，所以病房里格外吵闹。他准备起身给自己倒一杯水，虽然现在每做一个动作都很疼，但是好歹他能自理了。

"你怎么自己起来了？"他听到声音时转过身，看到了苏媛。

她看了看成思隼，无奈地说道："我给你倒水吧！"

成思隼看着突然变得温柔的苏媛，一时惊讶得不知道说什么好，而苏媛此时已经倒好水，她看着成思隼，说道："我刚从麦音那边回来。"

"她怎么样？"

"还算好。"苏媛说道，"总之不用担心她的情况。"

她说着，把水杯递到了他面前。

苏媛坐在他的病床旁，两个人同时陷入了沉默。苏媛从没有给成思隼好脸色，此时突然改变，两个人都感到不适应。

成思隼还记得自己被护士抬上担架的时候，挣扎要下来。当他不顾一切

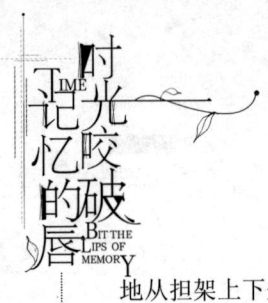

地从担架上下来时，却有一个人挡在了他前面，是苏媛。

三个人当中只有苏媛的伤势最轻。

"你要去哪里？"苏媛问他。

他看着往楼上走的警察，说道："找麦音。"他的声音虽小，但十分坚定，他看不到麦音，就无法安心离开。

苏媛没有阻挡他，当他与苏媛擦身而过时，苏媛问他："为什么找麦音？"

"她很危险。"成思隼没有理会苏媛，径直往上走，他根本没有注意到苏媛脸上的表情，她此时是那么无奈。

"等等。"她叫住他，看到他一瘸一拐地转过身时，说道，"我问你几个问题你再走。"

"什么问题？"

"你爱上麦音了吗？"

苏媛的问题说出来时，成思隼显得既紧张又意外，他退后了几步，下意识地摇着头说道："没有，当然没有，为什么要这么问？"

"难道你不知道我为什么要这么问吗？"苏媛觉得有些好笑，她扯了扯嘴角，因为嘴角有伤，这一撕扯变得更加痛了。但苏媛没有在意，有些青肿的眼睛直勾勾地看着成思隼。

不知道是她的眼神太有威慑力，还是成思隼心虚了，他避开苏媛的目光，转过身继续往前走。尽管他走得很慢，但是每一步都显得慌乱，他拼命地握紧拳头，想要努力加快脚步，可是无论他怎么努力，速度仍然一成不变。

苏媛看着这样的他，有些无奈，最终成思隼还是摔倒了，他的脚踝一扭，整个人就像失去重心的陀螺，"砰"的一声摔倒在地。原本站在救护车前犯难的护士看到成思隼摔倒，一下子惊慌起来，想要跑过去扶起他。

苏媛往前走了几步，抢在所有护士前面，但她没有扶起成思隼，而是居高临下地看着他，说道："说实话，我真的很讨厌你。"

躺在地上的成思隼愣了愣，说道："我知道。"

"我讨厌你，不仅仅是因为麦柒。"苏媛继续说道，"我对你整个人都讨厌。"她说话时，护士已经过来扶起了成思隼，可只能扶起他，却无法将他带回担架。

成思隼要去找麦音，他如此坚定，任旁人怎么劝都不听。

"成思隼，我讨厌你的长相，讨厌你的穿衣品味，讨厌你的处事方式，但是我最讨厌你的一点莫过于你那优柔寡断的性格。"苏媛说话的时候已经走到了成思隼的前面，他不得不停下来，"你说不爱麦音，对吗？"

他没有正面回答苏媛，只是摇了摇头。

此时的苏媛更像是能看透人心的巫婆，眼里带着浓浓的嘲讽意味："你是我最讨厌的人，而麦音可以说是除了麦柒以外我最喜欢的人，你们是两个极端，所以我比你们更清楚你们之间的感情。"

成思隼没有回话，只是怔怔地看着苏媛。

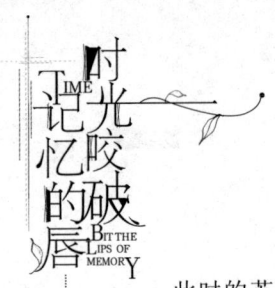

此时的苏媛突然收起嘲讽的姿态，平静地说道："不管你愿不愿意承认，但有一点我希望你能认清。"

"什么？"

"你和麦音一辈子都不可能在一起。"她这句话既像是诅咒又像是陈述，成思隼不知道该怎么回复。

"是一辈子不可能在一起！"苏媛重复道。

成思隼垂下了头，不知道为什么，刚刚还想找麦音的想法在这一刻突然消失了。他的心像是被人用剪刀剪成了碎片，怎么拼也拼不起来。

他明明知道，也一直否认自己喜欢麦音，可是为什么？为什么自己越是否认，心里越难受？难受的他差点儿哭出来。

"你现在还喜欢麦柒吗？"

他点了点头，他一直都很喜欢麦柒，一开始就没有改变过。

苏媛看着他，像是要确认什么似的，再次问道："你确认是麦柒，而不是麦音？"

这一次，成思隼迟疑了几秒才点点头。

苏媛吐了一口气，说道："那么请你记住刚刚所做的选择，你和麦音之间隔着一个麦柒。"

"我知道。"成思隼第一次觉得自己的声音沙哑极了，就像在沙漠里行走了好几天的人。

苏媛听到他的回复后才往边上靠了靠，给他让出了一条道，但是成思隼怎么也迈不开脚步，他的脚底像粘了胶水一样，无法抬起。

就在这时，苏媛从他身边走过，说道："如果我是你的话，就不会去追求麦音。"她说这话的时候停下了脚步，背对着他，"因为你无法和她相爱，所以请不要让她爱上你。"

这一刻，成思隼发出了重重的叹息，颀长的背影像笼中困兽，他死在了爱情的笼子里，即使一遍遍地否认，他也不得不承认苏媛说得对。

无法相爱，倒不如不爱。

他转过身，跟在苏媛身后，这是他第一次觉得能走也是一件痛苦的事情。和麦柒那次不一样，没有恐惧和懦弱。

成思隼不知道这样背道而驰对不对，但他知道自己绝不后悔。

回想结束，成思隼定了定神，看向苏媛。此时苏媛削好了一个苹果，她将苹果切好放在他的床头柜上。

"等你想吃了就吃。"

成思隼点点头，看着垃圾桶里没有断开的苹果皮，说道："我曾听说，如果削苹果皮没断，可以许一个愿望。"

他的话音刚落，就遭到了苏媛的一个白眼，她看着他说道："真没想到你居然这么少女。"

成思隼连咳了好几下，掩饰自己的尴尬，说道："这是我以前听麦柒说的。"

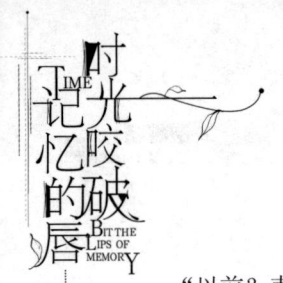

"以前？麦柒？"苏媛看着成思隼，露出了疑惑的表情。

成思隼摸了摸鼻子，看向窗外说道："嗯，那个时候的麦柒还没被人欺负，偶然有一次看到她在练习削苹果，边削皮还边嘟囔着这句话，她当时有个无论如何都想要实现的愿望。"

苏媛露出了缅怀的神色，接着他的话说道："麦柒削苹果很厉害，很少有断皮的情况。"

两个人沉默了好一阵，苏媛才起身说道："好了，我该回去了。"其实她这次来就是来替麦音看看成思隼的情况，即使麦音一句话也没说，她也知道麦音其实很担心成思隼。

"啊，再见。"后知后觉的成思隼立刻说道。

苏媛没有转身，而是背对着他晃了晃手臂。

走出医院后，苏媛抬头看了看蔚蓝的天空。这一刻，她想起自己削皮后还没许愿，如果真的灵验的话，她倒是想许一个愿望：愿麦音可以得到幸福。

03【有关麦音】

我是在入院第七天才得知成思隼和我住在同一家医院的，只是我去看他的时候他已经出院了。我看着空荡荡的病床，已经被收拾得干干净净，完全没有成思隼留下来的痕迹。

我失落地回到自己的病房，看到了苏媛，她好像来了一会儿，坐在椅子

上玩着手机游戏，看到我时才展露笑容问道："去哪里了？"

"成思隼的病房。"我如实说道。

苏媛的笑容僵了几秒，她放下手机说道："他已经出院了。"

"嗯。"我点点头，才觉得不对劲，苏媛知道这点，她却偏偏不告诉我。

我眯起眼睛看着苏媛，这段日子有关成思隼的消息都是苏媛提供给我的，比如成思隼哪里受伤了、伤势如何之类的，但她从没提到过成思隼和我在一家医院，而且是楼上楼下这么近。

大概是感受到了我的目光，苏媛冷静地说道："我以为你知道，毕竟我们都是被救护车送来的。"

我抿了抿嘴，没说话，这个理由的确天衣无缝，可我知道苏媛是故意不告诉我的。

苏媛被我盯久了，也无奈了，说道："就算你知道他和你在一家医院又如何？去见他，然后说什么？"

面对她的问题，我愣了愣，一时不知道该怎么回答。

苏媛叹了口气，洗了一个苹果给我，转移了话题："除了岳鑫，当年伤害麦柒的那三个绿毛男都找到了。"

我一听到"岳鑫"这个名字，入口的苹果险些吐出来。

苏媛拍了拍我的背，说道："还有一件事情要跟你说，你爸妈知道了你的身份。"

"我猜到了。"这两天爸妈都没来看我,大概是为了避免尴尬吧。

苏媛看了看我,说道:"叔叔阿姨的状态都不太好。"

"我理解。"

苏媛递了一张纸巾给我,顺势拿走了苹果核,说道:"前天我去你家帮你拿衣服的时候,听叔叔说他明天会来看你。"

"嗯。"我点点头。

发生这么大的事情也不可能瞒住爸妈,再者,为了给姐姐的事翻案,爸爸妈妈早晚都会知道的。

苏媛握住我的手,似乎想给我打气,说道:"不管怎样,叔叔阿姨都是爱你的。"

我点点头,我知道爸爸妈妈现在只是被震惊到了,但不会因此不爱我,而我也知道自己欠他们一个解释。

苏媛走后,我看着天空发呆,此时下午六点,夕阳正好染遍了天空,火红的太阳悬挂在天边。

七点,病房门终于被人推开了,来人打开了灯,爸爸的声音随之传来:"小……音。"

我缓缓回过头看着爸爸,妈妈站在他身边,眼眶红红的。

"爸,妈。"

当我轻轻念出声时,妈妈已经扑过来抱住了我,喃喃地说道:"天黑了不爱开灯的是小音,果然是小音。"

　　妈妈的眼泪打湿了我的衣领，妈妈紧紧地抱着我，身上带着麦秸的味道，爸爸站在一旁许久没说话。

　　不算大的房间里回荡着妈妈的哭声，妈妈不知哭了多久才停下来，当她放开我的时候，我的心里有种空落落的感觉。

　　爸爸握住妈妈的手，不断打量着我，爸爸这是第一次看我这么久，他问道："到底怎么回事？"

　　我解下了脖子上的福袋，上面带着我的味道，也混杂着麦秸的味道，即使她离开了那么久，可我一直认为她就在我身边。

　　"这里面有姐姐写的信。"爸爸颤抖着双手接过了福袋，他长满老茧的手打开信封，在灯光下细细阅读。

　　我看到爸爸的情绪越来越激动，最后他"啪"的一拳打在墙上，而手中的信落在了地上。妈妈弯腰捡起，看完后哭得更凶了。

　　"抱歉，爸妈……"我扭过头说道，"我以为成思隼是害死姐姐的罪魁祸首，所以我去找他，想要报仇。"

　　"顶替你姐姐的名字，利用你姐姐的身份填的志愿？"爸爸的声音带着怒意。

　　我点了点头，说道："后来我逐渐了解了真相，也遇到了岳鑫，他是凶手之一，也是我们班的班长。"

　　我总觉得世间的缘分是个很奇妙的东西。

　　"所以你为了找到真相……才会受伤？"爸爸的声音越来越冷。

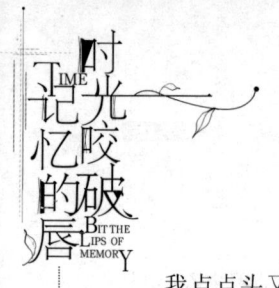

　　我点点头又摇摇头，指着自己的脸说道："是因为我和姐姐长得一样，被对方认出来了。"

　　"那几个绿毛？"爸爸显然知道了绿毛学长的事情。

　　我轻轻地"嗯"了一声。

　　"后悔吗？"

　　说真的，我不后悔，哪怕时光倒流，我依旧会这么选择，如果不这么选择，我就不会知道很多东西。

　　"不……"我的话还没说完，爸爸就挥了一巴掌，他的手打在我的脸上，疼得要死。我愣住了，爸爸从来没打过我们，他虽然不是什么慈父，但是很爱我们。

　　爸爸的呼吸十分急促，他这一巴掌让我蒙了，也让妈妈蒙了。

　　"小音，疼不疼？"我们三个人中是妈妈最先反应过来，她拉过我，哭哭啼啼地对爸爸说道，"你怎么打她？"

　　爸爸吸了一口气，显得平静了不少，他对我说："麦音，爸爸一直都很爱你，可爱你不是为了让你拿来做任性的借口，哪怕你真的不后悔，真的这样去选择，也要考虑爸爸妈妈的心情。从你姐姐死的那一天开始，我们就剩下你一个女儿了。"

　　我理解爸爸说的话，也知道他们的担心，自从姐姐出事以来，他们对我十分小心翼翼，因为他们不知道麦柒离开的理由，所以他们生怕我会和麦柒一样离开，不管多任性的事情他们都会由着我。

　　我知道在这件事情上我对不起的就是爸爸妈妈，最愧疚的人也是他们。

　　"如果你也出事了，你让我们怎么办？"那个为我们撑起一片天的爸爸，那个堂堂七尺男儿，就这样在我和妈妈面前无声无息地哭了。

　　妈妈抱着我，摸着我的脑袋，对我说："小音乖，以后不要这样了好吗？"

　　我反手抱住妈妈，抽了抽鼻子，说道："好。"

　　三个月后，爸爸妈妈去旁听了麦柒案的审判，而我对此没有半点儿兴趣，哪怕他们一个个被枪决，我也没有半点儿原谅的心，更何况他们的情况只会坐牢，满刑就会放出来。审判日那天，我一个人坐着大巴去了麦柒的墓地。

　　当我下了大巴时才发现天有些暗，这条去往麦柒墓地的路，我不知走了多少回，却从没一个人走过。

　　"呼，好冷。"我拽了拽外套，埋头迎风走去。

　　只是我没想到会在麦柒的墓碑前看到成思隼，他笔直地站在墓前，如同一尊不倒的雕像。这是我出院后第一次见他，他比之前更瘦了。

　　"啊，你也来了。"

　　在我还没靠近时他就看见我了，眼里带着愕然。

　　我瞥了他一眼，问道："怎么？我不能来吗？"

　　"不是不是。"他恢复镇定，说道，"我还以为你会去法院。"

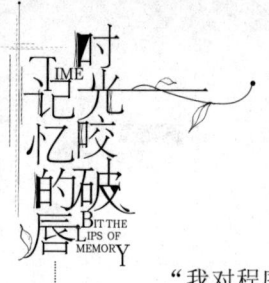

"我对程序上的东西不感兴趣。"我蹲下身揪着墓碑旁的杂草，说道，"你呢？你怎么来了？"

"没什么理由。"他顿了顿，说道，"只是想来看看。"

虽然他说得云淡风轻，但我隐隐有种难受的感觉，之后我们两个人都没说话，我们像是约好了一样做着各自的事情。他带来了水果和花，我两手空空，蹲在姐姐的墓旁，靠着冰凉的石板，细细说着岳鑫、苏媛发生的这些事情，成思隼默默地听着。

"姐姐，听了这些，你有没有安息？"我轻轻地问着，却没有注意到成思隼眼底的忧伤。

04【有关麦音】

可能是寒假马上要结束的原因，我和麦柒说了很多话，可我的话还没说完，就下起了雨，顷刻间把我和成思隼淋成了落汤鸡。

成思隼顾不上手上的东西，对我说道："我记得那边有个亭子可以挡挡雨。"

我点点头，一路跟在他身后，可是淋了雨的泥土软得不得了，稍稍不慎就会滑倒。成思隼走得很快，长腿一迈就抵过我两三步，我为了赶上他的速度，一不小心摔在了地上，泥巴溅在裤子上，留下深浅不一的痕迹。

听到我的闷哼，成思隼立刻转过身，他看到我坐在地上时吓了一跳，立刻走过来问我："怎么了？没事吧？"

"没事。"我咬咬牙准备起身，又重新跌回了地上。

这时，我看见成思隼默默地转过身，他背对着我，对我说道："上来吧！"

"什么？"

"你走不了路，上来，我背你。"因为他背对着我，所以我看不清他的表情。

我纠结了十几秒后，终于抵不过大雨的威力，我攀上他的背，他轻轻一抬，就将我背起。

这是我第一次如此靠近成思隼，他的背带着暖暖的体温，十分舒服。他每一步都走得很稳，我靠在他背上，雨水打在我的脸上，也打在他的背上。

很快我就找到了他所说的那个小亭子，朱红色的亭子孤零零地伫立在路旁，他把我放在亭子内的椅子上。

成思隼再转过身的时候，显得有些狼狈，湿漉漉的头发黏在一起，他擦了擦脸后才看向我。此时我蜷缩在椅子上，大概是淋了雨的缘故，我感觉特别冷。我尽量把自己缩成一团，他看了我许久，问道："你很冷吗？"

"有点儿冷。"我淡淡地纠正他。

成思隼把外套脱下来披在我身上，说道："你先穿着。"

我抿抿嘴，有些倔强地把他的外套脱下，准备还给他。

"你是女孩子，应该对自己好点儿。"他没有接过外套，尽量用很平静的声音回答我，我和他僵持了很久才收回手臂，把外套盖在了身上。

"看样子是阵雨。"他趁着我盖外套的时候用手机查了查天气预报，"今天有阵雨，我们都没注意。"

"嗯。"

我们再次陷入僵局，我发现我是一个很容易冷场的人，亭子外的雨渐渐沥沥，成思隼坐在凳子的那一头，当我注意他的时候，发现他的脸冻得煞白。此时正值冬末，再加上淋雨和把外套借给我的缘故，他已经冷得瑟瑟发抖。

"成思隼。"

"嗯？"

"你……到这边来坐吧！"我迎着他的目光说道，"我有话跟你说，这样太累了。"

他往我身边凑了凑，离我近了不少，说道："你说吧！"

我往他那边挪了几步，把他的外套披在了他身上。

"你……"

"我不冷了。"我顿了顿，小声说道，"男生就该爽快点儿，明明冻得要死，还死鸭子嘴硬。"

"不用。"他再次把外套塞给我。

"这是你的。"我又把外套还给他，我们来回推搡了好几下，最后他把衣服披在我们两个人身上。

"这样一起。"他说的时候缩了缩身子，下意识地往我这边靠了靠。

其实自仓库事件之后，我和他之间仅剩的那点儿隔阂也没了，我不会像开始那样骂他、说他了，现在甚至隐隐有接纳他的迹象。

"跟我说说你和麦柒的事情吧！"

我突然有些想听他和麦柒的故事，我知道他的初恋是麦柒，知道他到现在念念不忘的人还是麦柒。

他低下头看了看我，眼神十分温柔，然后微微转过头，说道："没什么可讲的。"

我皱了皱眉头，没有勉强他。

我把头靠在他的肩膀上，缓缓地闭上了眼睛。刚出院加上淋雨的缘故，让我有些难受。

成思隼没有吵醒我，我感觉到他的身体僵了僵，却什么都没做，外面的雨和他的呼吸成了对比。

过了很久我才迷迷糊糊地睁开眼睛，他看到我醒来，不可察觉地吐了一口气，问道："你醒了？"

"嗯，雨停了？"

"停了。"他把外套穿上，问我，"能走吗？"

"勉强。"

我稍稍挪了一步，却如针扎般疼痛。他看到了，继续背对着我说道："我送你回去吧！"

这一刻，我没有犹豫，直接爬了上去。

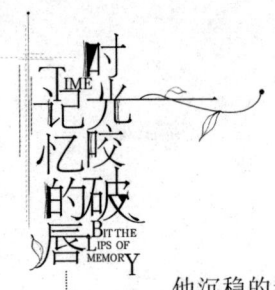

他沉稳的步伐让我觉得莫名的安心，我靠在他的脖颈旁，说道："成思隼。"

"嗯？"

"在我扮演麦柒的时候，你对我动过心吗？"

我能感觉到，在问这句话时他不可遏制地抖动了一下，他低着头，根本没有理会我的意思。

又不回答我，我再次皱眉，重复道："我问你话呢。"

"没有。"他抓紧我的腿，声音很平淡。

"真的？一次都没有？"

我双手抓着他的肩膀，迫使他看着我，然而我没想到我的力气过大，一个没注意就触碰到他的嘴唇。

明明只有一下，时间不超过两秒，可我的心里在这一刻发出了巨响，心脏怦怦乱跳。

我吓坏了，他也吓了一跳，他的手自然滑落，我一屁股坐在了地上。

成思隼摸了摸自己的嘴唇，又看了看我的嘴唇，薄唇抖个不停，却不知道该说什么。

"我……不是故意的。"我说完这句话，不小心咬到了自己的舌头。

他看着我又疼又不敢出声的模样，反而淡定了，伸手把我拉起来，仿佛原谅了我的意外之吻。

"上来吧！离车站还有一段路。"他继续背对着我，等我爬上去。

　　我这次没有爬上去，反而扶着旁边的树，答道："算了，我的裤子太脏了，怕弄脏你。"

　　这次被他这么一摔，别说裤脚了，整个屁股都印上了泥巴。

　　他显然看到了我屁股上的泥巴，摇摇头说道："没事，上来吧！你一个人走太慢了。"

　　"没关系。"

　　"不行，等你回去的话就天黑了，女孩子一个人不要走夜路。"他的后半句缓了半天才说出口。

　　我听着他的话，愣了愣，然后低下头顺从地爬上了他的背。哪怕我不怨他了，凶手也找到了，但他还是放不下这件事。

　　我知道"麦柒"这个名字不仅仅是他的初恋，也是他记忆中的一块阴影。

　　成思隼默默地背着我走到车站，等车的时候也没有把我放下来。

　　安静的风，阴暗的天，以及荒无人迹的土路成了后来我记忆最深的片段。

　　我抬起头，看到大巴缓缓驶来，轻声叫出了他的名字。

　　"嗯？"

　　我其实对你动心过——这句话在心里翻转却没有说出口，此时大巴停在我们前面，他为了不让我撞到，尽量压低身子进入车厢。他把我放在车座后才去投币，一去一回间车子再次启动，他坐在我身旁问我："你刚刚叫我干

什么？"

　　"没什么，就是突然想叫一下你的名字而已。"我一边说着一边扭过头看窗外。

　　他看了看我后，也把头扭向了另一头。

第十章
Chapter 10

没　有　尽　头　的　消　失

01【有关麦音】

成思隼把我送到门口，和我说声"再见"就走了，我看着他的身影消失后才进家门。

淋雨后最大的愿望就是洗个热水澡，在脱衣服时，我才意识到一直随身携带的福袋湿透了。

自从将麦柒的信放入福袋开始，我从没有忽视过它，然而今天我完全忘记了福袋的存在。惊慌的我立刻拿出福袋里的信，用吹风机吹，可是不管我怎么烘干，也无法复原。

我默默地看着信，心里难受起来，我把福袋放入了麦柒房间的抽屉里，那里放着与麦柒有关的一切。

我将福袋放好后，放热水洗澡，热气弥漫了整个洗手间。我坐在浴池里，忍不住想起了成思隼的嘴唇，与他触碰时那种酥酥麻麻的感觉仿佛又回到嘴巴上。我摇了摇头，"唰"的一下起来，镜子里映着我的脸，与麦柒一模一样的脸。

我穿好衣服出去，才发现爸妈已经回来了。

"你们回来了。"

我看着还未脱去正装的爸妈，走下楼梯，妈妈点点头，神色十分悲伤，而爸爸的神色更多的是疲倦。

我乖巧地坐到了爸妈身边，妈妈休息了一会儿，起身说道："我去厨房做饭，今天在外面奔波了一天，也累了。"

"妈，我帮您吧！"我连忙说道。

妈妈愣了愣，随后笑了笑，说道："以前这种事情都是麦柒做。"

我看了看妈妈，垂下了头，其实这段时间为了不让爸妈看出我是麦柒，很多事情我都按照麦柒的性格去做，这导致现在很多时候我的第一反应和麦柒越来越相似。

妈妈看我有些尴尬，拍了拍我的肩膀，说道："你不是要和我一起做饭吗？走吧！"

我们家的晚饭一向很清淡，妈妈准备做个番茄炒蛋和青椒蘑菇，我边帮她切番茄和青椒边问道："对了……户口本上我的名字怎么办？"

"可能没办法了，你的一切手续只能按照麦柒的来填写了。"妈妈叹了口气，"'麦音'这个名字和档案信息已经销户了。"

销户容易开户难。

我点点头，这样的结局我并不是没想过，再说了，不管是"麦音"还是"麦柒"，对我来说只是一个名字而已。

妈妈小心翼翼地看了我一眼，笑道："你不在意就好。"

"不会，本来任性的就是我。"

这一顿饭我和妈妈足足做了一个多小时，当饭菜端上来的时候，爸爸早已饿得不行了。他迫不及待地拿筷子吃饭，妈妈给我盛了米饭，那一顿饭我吃得无比轻松，仿佛卸下了什么包袱一样。饭后我难得和爸爸坐在一起聊起来。

"小音，有件事爸爸想和你说。"爸爸说话的时候冲妈妈招了招手，一副要开大会的样子，"小音有没有喜欢的国家？"

我皱了皱眉头，看着有些异常的爸爸妈妈，最终还是回答道："没有。"

"有没有想去的地方？"

"没有。"

"没想过去旅行吗？"

"没有。"

这一次爸爸露出了尴尬的神色，妈妈则蹙起了眉头，最终还是爸爸先开口："我们家拿到了绿卡。"

"哪里的绿卡？"

"西班牙。"爸爸如实说道。爸爸早年有些余钱，在西班牙开了家特色餐厅，十年下来拿到了绿卡。

西班牙这个国家我从未了解过，陌生的地方，陌生的人群，这让我有些不舒服。

　　大概是察觉出我的不舒服，妈妈走过来握住我的手，对爸爸说道："如果小音不想去的话就算了吧！"

　　拿到绿卡就意味着我们必须搬过去，从某种角度来说，我们已经是西班牙公民了。

　　"不用这样。"我挣脱开妈妈的手，"我能不能留在国内，就我一个人？"

　　这次拒绝我的是爸爸，他摇了摇头，充满了担忧，说道："你认为发生了这样的事情后，我还能留你一个人在这里吗？再说，你上的那个大学也只是二本，哪怕毕业了，就业也很困难，倒不如我们一起去西班牙。"爸爸顿了顿，为了引起我的兴趣，他又说道，"西班牙的生活节奏很慢，就算工作了，还有下午茶时间，没有加班且周末双休。"

　　"我还是学生，没有考虑过上班的生活。"

　　"西班牙的海鲜饭很好吃。"

　　"我们这里也有……"

　　"那里有斗牛比赛，我们可以去看。"

　　"没兴趣。"

　　最后爸爸不说话了，他绞尽脑汁地想着西班牙的特点。我看着爸爸一脸纠结的模样，最终忍不住说道："让我考虑一下跟不跟你们一起走，如果我不去的话，你们也别放弃绿卡。"我知道爸爸为了得到绿卡耗费了十多年的光阴。

爸爸看了我一眼，慢慢地说道："我不会把你一个人留在国内的。"这时候的爸爸更像个小孩一样任性。

我无奈地吐了口气，点点头。

当天晚上我躺在床上，翻来覆去睡不着，我知道爸爸妈妈突然想要离开的理由，并不是西班牙比这里好，也不是为了什么海鲜饭，他们只是想离开这个伤心的地方罢了。

我半夜起来上洗手间的时候，看到爸爸妈妈的房间还亮着灯。我蹑手蹑脚地走过去，听到了妈妈的声音，她说："要不然就算了吧！我看小音挺想留在这里的。"

"可是她留在这里有什么好处？留在这里只会让她更伤心罢了。"爸爸摆摆手，侧身躺在床上，让我感到难受。

那一刻我对自己的任性感到难过，爸爸妈妈永远为我考虑，而我却只想到了自己。

第二天，我起得很早，下楼的时候妈妈还没起床。

我难得做了早餐，当我摆出热腾腾的鸡蛋粥时，妈妈打着哈欠走过来，说道："小音？"

"妈，来吃饭吧！"

"这是你做的？"妈妈看了看我，又看了看桌上的粥，就差揉眼睛确认自己是否在梦里了。

我笑了笑，对妈妈说道："妈，帮我叫爸爸起来一起吃饭吧！鸡蛋粥凉了就不好喝了。"

妈妈呆呆地点了点头，十分钟后爸爸飞快地跑下来。

"爸，一起吃饭。"

爸爸像是看到了什么奇怪物种一样，瞪了我好半天，然后才说道："今天刮的什么风？"

小时候我有自闭症，别说做饭了，吃饭都成问题，后来长大后痊愈了，可依旧很任性，甚至对很多人冷冰冰的，父母宠溺我直到现在。

我率先开口了："爸妈，我想好了，我们去西班牙吧！"

我的话音刚落，爸爸的勺子掉到了地上，他十分狼狈地捡起来后，保持威严地问道："想通了？"

"嗯，突然觉得留在这里并不是什么好的选择。"我低着头喝着粥。

"小音，你是不是勉强自己了？"妈妈毕竟是女人，更为敏感，也更为细心，她有些心疼地看着我，像是看穿了我的心思。

我眉眼弯弯，露出了笑容，说道："没有，我的确觉得这里是个伤心的地方，是离开的时候了。"

当天，我们全家做出了一个决定：移民西班牙。

此时的我不知道这个决定是对是错，只知道我下决心了，就无法再去选择了，哪怕以后后悔……

02【有关麦音】

我一直认为一天当中只有早上的空气是最清新的，我裹着羽绒服拎着早餐走向苏媛家。或许是因为天气潮冷的缘故，早晨的雨露特别多，走在土路上总能闻到淡淡的土腥味。

苏媛入院那天，她妈妈回来了，了解了事情原委后，苏妈妈曾多次来我家。她也很自责，如果那天晚上苏妈妈送麦柒回家的话，麦柒就不会出这件事了。

我站在苏媛家门口吐了一口气，裸露在外的脸被冻得红红的，我敲了敲门，叫着苏媛的名字。

开门后，还没起床梳洗的苏媛咬牙切齿地看着我，一头"鸡窝头"，形象要多糟就有多糟。

"我带了早餐。"我晃了晃手中的早餐。

苏媛白了我一眼，转过身边收拾边大喊道："妈，麦柒……哦，不，麦音来了。"

瞬间，我听到苏妈妈的房间传来一阵巨响，没过多久，苏妈妈穿着正装走了出来。她接过我手中的早餐，摸了摸我的头发，说道："外面很冷吧！快进来。"

"还好。"我终归还是不太习惯，自顾自地解下围脖坐在沙发上，静静地等着她们。

虽然苏妈妈也知道了我的存在，但是每次她都会把我当成麦籴。

我想在苏妈妈心里，姐姐也一定很重要。

我只买了两份早餐，苏妈妈看了看我，把自己的那份豆腐脑分成了两份，招呼我说道："小柒……音，你也来一起吃吧！"

"不了，我吃过了。"我淡淡地拒绝。

苏妈妈继续劝道："没关系，我吃不完这些。"

我看了看苏媛，又看了看苏妈妈，最后无奈地走到餐桌前，一顿饭变成三个人吃。这是我第一次与她们一起吃饭，吃饭时苏妈妈问这问那，说了好多话，可是我一句也听不进去。

最后，苏妈妈也察觉出我不爱说话，就没有再说了。吃完早餐，苏媛就拎着包拖着我出门，她边走边说道："妈，我和麦音出去玩了。"

"啊！"苏妈妈愣了愣，随即说道，"早去早回，别玩太晚。"

苏媛拼命点了点头，和我出了门。她走出楼道后，伸了个懒腰，对我说："别太在意我妈。"

"你妈挺好。"听我这么说，苏媛又冲我翻了个白眼，显然不这么认为。

冬日的街道很热闹，小摊位一个挨着一个，有卖包子的，也有卖羊杂汤的，热气弥漫了整条街。

我和苏媛打算去咖啡厅小憩，苏媛领着我左拐右拐，最后走进了一家铁

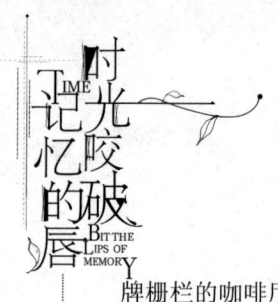

牌栅栏的咖啡厅，至今我都不会忘记，咖啡厅的名字叫"闺密咖啡屋"。

大概是早上的原因，咖啡厅显得很冷清，看店的是个上了年纪的老人，在我们进去前，他正在打盹。

"吱——"厚重的门发出了刺耳的声音。

老人一个激灵醒来，看到苏媛和我后，突然笑了："原来是你们这两个丫头。"

苏媛笑了笑，跑过去很熟络地和老人聊起天来。

我本就不爱和陌生人说话，再者对方比我大了好几轮，于是我乖巧地坐在苏媛身旁。

我们谁也没点东西，但是老人主动送来了两杯咖啡，笑道："日本白咖和摩卡，对不对？"

老人把摩卡放在我面前，笑眯眯地问道："小柒怎么不说话啊？"

我张了张嘴，本想否认，没想到苏媛在椅子下轻轻地踢了一下我的脚，她示意我不要否认。

我看了看老人两鬓的白发，想来如果否认的话，解释起来也很麻烦，我拿起摩卡喝了一口，笑道："好喝！"

老人像个老顽童一样自豪地说道："那当然，你安爷爷做咖啡的技术可是一流。"

之后，一直是苏媛在和老人聊天，我只会偶尔插上那么一两句，大概过了一个多小时，咖啡厅里陆陆续续来了不少人，几乎每个顾客都会和老人调

侃那么一两句。苏嫒看老人开始忙起来了，就拉着我到另一头坐着，终于只剩下我和她了。

"这家咖啡厅是我和麦柒常来的地方。"苏嫒端着咖啡，此时咖啡已凉，她看着咖啡上的倒影，眼底闪过怀念的神色，"麦柒很喜欢这家的咖啡，这个老人也是，就像个老顽童一样，和我们很合得来。"

"嗯。"我一点点地喝着咖啡。

苏嫒又说道："但是老爷爷有心脏病，所以我刚刚……"

"没关系。"我淡淡地说道，"我也不想看到关心麦柒的人难过。"

苏嫒点点头，气氛陷入了僵局，这时老人端来一盘松饼："来，尝尝爷爷做的松饼，免费的。"

我轻轻地笑了笑，主动伸出叉子，老人看到我们吃了松饼，才笑眯眯地离开。

"苏嫒，我有件事想和你说。"我放下叉子，看着她说道，"我们家准备移民。"

"什么？"苏嫒十分惊讶，发出了尖锐的声音，她手中的叉子应声落地，顾不上其他人的眼光，她一把抓住我的肩膀，"什么？你再说一遍！"

"我爸爸拿到了西班牙的绿卡。"我弯下腰帮她捡起叉子，低声说道，"爸爸妈妈都想去西班牙。"

"那你呢？"

"他们不会留下我一个人离开的。"我无奈地笑道，自从麦柒离开后，

我就感受到了很多以前从未感受过的压力。

苏媛听到我的话，沉默了好半天，才举手让老人送来一瓶威士忌。她打开瓶盖，倒了一杯酒。

"你喝吗？"她看着我问道。

我摇摇头，拒绝了，苏媛一个人一杯接着一杯地喝完了整瓶威士忌，她白皙的脸庞就像被烧着了一样，火红火红的。

她放下杯子，整个人瘫软在凳子上，看着我说道："麦音，你们非走不可吗？"

"只是暂时离开，我还会回来的。"

"可是你们都抛弃了麦柒……麦柒一个人在这里。"她露出不舍和难过的表情，"你们都走了，麦柒怎么办？"

"你会陪着姐姐的，对吧？"我看着她，握住她的手说道，"苏媛，你看，其实我和姐姐不一样。即使我们长得一样，可性格天壤之别，我比姐姐要任性得多，所以我想她一定会理解我答应和爸妈离开的选择，而且即便离开，她还有你。"

苏媛咬着嘴唇，我知道她即使有无数个不愿意，也不得不接受，毕竟这是家事，她的抗议对我来说是无效的。

她难过的是我做出的选择，她也知道家里就剩下我一个女儿了，只要我坚持不去西班牙，爸爸妈妈也会放弃绿卡在国内陪我的。

可是我选择了离开。

苏媛抽了抽鼻子，红着一张脸说道："那你去西班牙的事情和别人说了吗？"

"别人是指谁？"

"比如成思隼。"她用委婉的语气对我说道。

我怔了怔，随后摇头说道："我没打算告诉他。"

听到这话，苏媛吐了一口气，仿佛安心了的样子，她看着我说道："不管怎样，到哪里都记得保持联系！"

"嗯，一定的。"

那天我早早地把苏媛送回了家，站在门口，苏媛突然抱住了我，她抽着鼻子对我说："麦音，我会想你的。"

她说完就立刻转身上了楼，留下我一个人在楼下发呆。

"苏媛，我也会想你的。"我轻轻念叨着。

从苏媛家离开，我没有马上回家，大概是觉得时间还早，不想回家，可是又不知道去哪里。我从小到大很少出门，然而在麦柒离开后的短短数月，我离开家的次数要比之前十几年的都多。

我漫无目的地坐上一辆公交车，到了终点又坐回来，看着沿途的风景。我从小生活在这座城市，却从来没有好好看过它，现在临近离开了，我却莫名地伤感起来。

下车时，我遇到了一个人，成思隼提着大包的东西从我对面走来。他穿

着黑色大衣和牛仔裤，棕色的牛皮靴让他整个人看起来既有些成熟又有些少年气。

他很快注意到我，提着东西走到我面前，问道："麦音？"

"嗯。"我点了点头，问他，"你要去哪里？"

"回家。"他看了看手中的东西，"快开学了，正在做准备。"

"嗯。"

"你呢？怎么来这里了？你家离这边挺远的吧。"他微微蹙起眉头，带着一丝担忧。

我摇了摇头，说道："我只是随便逛逛，我帮你拿点儿吧！"

"你不着急回去吗？"他没有要我帮忙的意思，赶快往前走，边走边问。

我再次摇了摇头，从他手里抢过一个塑料袋，解释道："哪怕我帮你把东西拿到你家，再去坐车也不会晚的。"

"可……"

"别可是了。"我也不再多说，跟在他身后走着，这一路上他和我都没说话。我看着嬉笑打闹的孩童，看着堆砌的或丑或好看的雪人，这些东西都是我不曾触碰过的。我突然觉得，曾经那个不愿出门的自己真的错过了很多美好的时光。

"成思隼。"我拎着袋子看着他，"我曾让你和我说说麦柒的事情，但是你那会儿和我说你们之间没有什么可讲的。"

他点点头，显然不愿提起那些过往。

"那你为什么会喜欢她？"我知道的麦柒长相普通、性格普通、学习也普通，如果非要评价麦柒的话，那就是一个普通的人，而成思隼不一样。

成思隼沉默了几秒，才回答我："没有为什么，因为她是我的初恋。"

初恋真的是一个又好又烂的理由。

我笑了笑，明明想要露出大笑，却因垂下的眼角而看起来像在哭："你后天有空吗？"

"怎么了？你有什么事吗？"

我看着他的后背，沉默了几秒，摇头说道："没有，只是想找个话题聊聊。"

其实后天是我登机的日子。

"后天应该没空吧，我要去一个地方。"

我没再接话，直到我帮他把东西送到了家门口，我也没有说出要去西班牙的事情。

我突然想起了苏嫒问我的问题。

那你去西班牙的事情和别人说了吗？

别人是指谁？

比如成思隼。

我没打算告诉他。

有些话，面对成思隼我无法说出来，因为离开本来就是一件悲伤的事

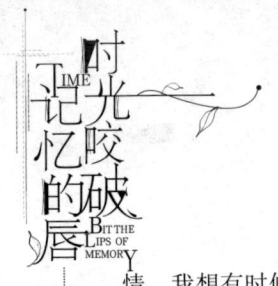

情，我想有时候隐瞒比悲伤地离开更好。

03【有关麦音】

我是在情人节那天离开的，明明天气还很冷，但是街上走过无数对情侣，每个人看起来都那么暖意融融。

"小音，我们走吧！"妈妈拿着机票，拖着行李催促我。

我点点头，应了一声"好"，然后默默地转身，不再留恋身后的房子。那个房子我住了十多年，此刻却像个被遗弃的玩具一样，孤零零地散发着落寞的味道。

到机场过安检、检票……一套流程下来花费了足足一个多小时，我坐在机舱里看着成思隼的电话号码，但最后我还是选择了关机。

再见了，苏媛。

再见了，成思隼。

成思隼抱着书进图书馆前听到了飞机飞过的声音，从天空传来的轰隆声吵得他耳朵疼。他抬起头看了看天空，试图找到飞机，只是他找了半天，什么也没找到，天还是那么蓝，云还是那么白。

他晃了晃脑袋走进了图书馆，他很少去图书馆，可是不知道为什么，他此时有种强烈的欲望想来这里。

这家图书馆是这里最大的图书馆，他随手选了本书，坐在了角落里。他

记得自己就是在这里对麦柒一见钟情的。

那时候是几年前？一年前还是两年前？他不记得了，但是那时候她的一颦一笑深深地印在了他的脑海里。

那时四月，春暖花开。

成思隼坐在图书馆的角落，看着大堆的复习材料昏昏欲睡，那时附近传来了细微的声音引起了他的注意。书架旁站着一个身材略矮的女孩，她留着齐耳短发，明明长了一张大众脸，但一双琥珀色的瞳孔十分有神。

他隐约对这个女生有印象，是班上的女生，具体叫什么名字他不记得了，好像是……麦柒？

他看着女生比量了一下书架以及自己的身高，最后握拳开始蹦跳，试图拿到书架最顶端的书。

女孩跳了好几下都没有够到书，最后女孩一发狠，踮起脚的时候把书拿了出来，却因重心不稳摔在了地上，那本书砸在了她头上。

"噗！"成思隼看得入神，不小心发生了笑声，一下引起了好几个人的不满。

他揉了揉鼻子，看到女孩也因发出了声响引来了图书管理员。解释一番后，女孩拿着书蹦蹦跳跳地走出了图书馆。他最后看到的是女孩欣喜的笑容，好看极了，眉眼弯弯，嘴角勾着浅浅的笑，像是得到了糖果的小孩。

"怦怦怦……"成思隼听到了自己的心跳声，是那么清晰好听，那一晚

他梦到了女孩的脸，就像着了魔一样。

隔天在教室里他确认了女孩的名字：麦柴，小麦的"麦"，柴月的"柴"。

成思隼回过神看了看手中的书，又看了看不远处的书架，那里别说女孩了，连个人都没有。他捏了捏自己的鼻梁，此时图书馆里只有他一个人，管理员正搬着资料，看似很忙的样子。

成思隼合上书，没了看书的心思，他走到门口准备离开的时候，管理员不慎把旁边的签名本碰倒，掉在了他的脚边。

成思隼顺手捡起，一个名字映入他的眼帘——麦音。

他愣了愣，握紧了签名本，这个本子已经签完，想必已经有一段时日了。

"同学，抱歉……那个本子可以还给我吗？"旁边的管理员十分尴尬地说道。

成思隼定了定神，还签名本的时候问道："我有件事情想要问你。"

"什么事情？"

"能给我看看这两年的签名本吗？"

"啊？"管理员愣了愣，显然没想到他会提出这个要求。

成思隼一着急，指着麦音的名字说道："我想看看这个名字出现过几次。"

"这个女孩我知道。"管理员笑道,"她每次来都不说话,哪怕够不着书也不会叫管理员,每次都是自己一个人解决,她以前常来。"

"以前?"

"自从高考后就没看到她了。"

管理员的话让成思隼愣了愣,他立刻放下签名本往外冲去,难道曾让他动心的人不是麦柒,而是麦音?

这个问题让他惊恐,也让他害怕,可偏偏他又想知道答案。

他一路跑到麦音家,已经累得不行了。

他按了门铃,没人回应。

成思隼的心里涌起了不好的预感,他使劲地拍着麦家的大门,可是回答他的只有回音。

这时隔壁的人听不下去了,一位阿姨开门说道:"小伙子,别拍了,他们家的人已经走了。"

"走了?"

"是啊,搬家了。"

成思隼愣住了,结巴起来:"什……什么?"

"好像说要移民去西班牙……"阿姨后来说的话成思隼听不到了,"西班牙"几个字不断在他脑海里闪现,这一切来得太突然了,让他不知道该怎么办。

对了,还有苏媛!

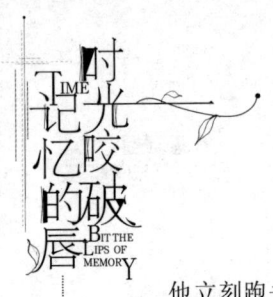

他立刻跑去苏媛家，当他找到苏媛，询问西班牙的事情时，苏媛显得很平静，仿佛早猜到他会来找自己一样。

"你比我预想的来得早。"苏媛没有请他入屋的意思，她双手抱胸说道，"是的，她家拿到绿卡，所以走了。"苏媛说得轻描淡写，可是他的心里波涛汹涌。

成思隼无法说什么，指责对方为什么不留下她，或者为什么没通知他？成思隼知道两天前麦音没有提这事，就说明她根本不想让他知道。

"我知道了。"他很快抚平了自己的情绪，这让苏媛愣了一下，他顿了顿，继续说道，"我有件事想问她，我想问你也一样。"

"你说，但我不一定会回答。"她说道。

"我刚刚在图书馆里看到了麦音的签名。"他握紧拳头，显得有些紧张，"那个……真的是麦音吗？"

苏媛有些奇怪地看了他一眼，说道："麦柒从来不去图书馆，倒是麦音常去，还有其他事情吗？"

成思隼摇了摇头，默默地转身走了，他的脑袋像是爆炸了一样。

麦柒从不去图书馆，倒是麦音常去……

所以曾令他一见钟情的人并不是麦柒，而是麦音？

成思隼突然不知道该说什么了，他走在回家的路上，心里泛起了涟漪，到最后老天还是不肯放过他，跟他开着无聊而又恶意的玩笑。

04【有关我们】

五年后，六月十日。

"飞机正在下降，请您回原位坐好，系好安全带，收起小着板，将座椅靠背调整到正常位置。所有个人电脑及电子设备必须处于关闭状态……"

麦音下机时摘下了墨镜，六月的烈阳让人提不起半点儿精神。她深吸了一口气，离开已经五年了，再次回来，她只想做一件事，那就是去看看麦柒。

在西班牙的生活安逸而又简单，她每天除了上课就是去图书馆补习，冷淡脾气的她虽然依旧交不到朋友，却没有沮丧过，有关成思隼的记忆她已经开始淡忘。

麦音拖着旅行箱到达酒店后，和爸妈视频，当天下午她就迫不及待地出发。

五年来这里也改变了很多，以前的土路重修了，就连曾经的破大巴也改成了空调车。

麦音坐在空调车里，看着沿途的风景，感到既陌生又怀念。曾经的麦家现在被翻新，变成了哥特式建筑，而苏媛去了日本留学，至于成思隼，她偶尔能从苏媛那里得到消息，他考上了北大的研究生。

每个人都离开了这座小小的城市。

麦音在繁华街下车，她凭着记忆拐入小巷子，在巷子深处找到了那家咖啡厅。咖啡厅的人很多，老人依旧坐在吧台后。

五年过去了，老人老了很多，又好像没有。

"小柒？"老人看到她的那一刻手一哆嗦，差点儿把咖啡壶扔出去。

麦音笑了笑，没有否认这个称呼，说道："一杯摩卡，带走。"

"好久不见就要打包走啊！"老人虽然在埋怨，但是手上没有慢，他很快煮好一杯摩卡，问道，"这几年过得好吗？"

"很好。"麦音笑着说道。

"看得出来，比之前精神多了。"老人说完后拍了拍她的肩膀，"记得常来。"

"嗯。"麦音付完钱后，拿着摩卡离开了。

她走出咖啡厅，重新坐上车，这一次她要去麦柒那里。

麦音到站了，她从大巴下来，就连麦柒所在的那片墓地也重新修整过了，没有泥泞的黄土，干净了许多。

"麦柒，我回来了。"她站在麦柒的墓前，此时墓碑上还是麦音的名字，因为销户没改，墓碑上的名字也无法改动。

麦音摸着墓碑，带着几分歉意地说道："抱歉，五年来我都没能看你，爸爸妈妈很好，两个人养了很多花草，爸爸偶尔还教邻居家的小男孩打拳……"

她坐在墓碑前，拿出那杯摩卡，打开杯盖，浓郁的咖啡香传出。她看着墓碑上的照片，浅浅地笑道："这杯摩卡是我去老人那边买的，我想你一定很怀念。"

"姐姐，以后你可以不用担心我了，我学会了走出家门，学会了独立……"她说着说着，嘴像是僵硬了一样，半句话说不出来了。

麦音坐在墓地前许久，最终起身拍了拍墓碑："好了，我该走了，姐姐……我爱你。"

麦音来得匆忙，离开得也很匆忙，在麦音的身上仿佛看不到之前的影子了。

只是麦音没想到，就在自己离开后没多久，麦柒的墓前来了一个人，他的背影颀长，穿着黑色西装，抱着一大束百合。

他的五官犹如美工刀刻画的一般，精致而又好看。

"麦柒，我又来了，今天是你的忌日。"成思隼放下百合时看到了一杯咖啡，愣了愣，咖啡还很热，"看样子之前有人来过。"

五年后的成思隼变得话少了，学会了沉默和隐忍。

"麦柒，我突然有些想麦音了。"五年来他唯一不变的就是眼底的忧愁，他说，"呵，我好像每次来都跟你说我想她了。"

他说："不知道这几年麦音过得如何，苏媛也不在，她也不会告诉我麦音的联系方式。"

他说累了，换了个姿势："对了，你知道吗？我后来才发现一件事，原来曾让我动心的不是你，而是麦音。你是不是觉得很可笑？起码我是这么觉得的。"成思隼看着蔚蓝的天空，又低下头看着墓碑上的照片，照片上的女孩有着温柔的目光，显得十分可爱。

"麦柒，麦音。"他念叨着两个人的名字，"你们有着一样的眼睛、一样的鼻子、一样的头发……可是令我心动的人只有一个。"

他在图书馆对她一见钟情，错把麦柒当成她，然后在大学再次遇到她，而这一次他却误把初恋当成麦柒，一直拒绝接近她。

"你知道吗？曾经在大学我抱着麦音，看她一次次对我出言不逊时，我心里总是莫名其妙的疼。后来知道那是麦音时，我以为我对你不忠了。"他苦笑道，"原来我弄错了，我一直爱的那个人从未改变过。"他说完这些话后长长地吐了一口气，"好像每次来都会和你说很多话，你一定听烦了吧！可是除了你，这些事情我也不知道跟谁说。"他把咖啡和百合花摆好，"我该走了，希望你在那个世界能够快乐，找到你喜欢的人。"

走到车站时，一辆大巴刚走，成思隼看着大巴的背影，看了看表，无奈地自言自语道："又要等四十分钟了。"

他双手插兜，看着不远处的大巴，风扬起他不长的头发，站在那里的他不知道，在那辆大巴上正坐着他一直以来喜欢的那个人。

有时候命运就是那么好笑，可以错过，可以误会，只是不可以相爱。

如果爱上一个人是一场梦的话，那么梦醒的我们该何去何从呢？

情之所动，缘之所起

——《来自星星的男神探》专访作者筱露

2014年，一部名为**《来自星星的男神探》**掀起一股欢快旋风，获得不少关注，而作者筱露则是中国著名老牌言情网站晋江文学城的签约作家，也是晋江力捧的重量级作家一。她的文字轻松幽默又温暖动人、励志向上，广受读者喜欢，拥有众多铁杆粉丝，代表作有《半日闲》《相濡以沫》《曲终，人不散》等等。作者本人为人低调，很少接受采访，但今天小编我跋山涉水，历经艰难险阻，终于获得了与筱露大人亲密接触的机会！不少粉丝迫不及待了吧？小编就不故弄玄虚了，有请筱露大人登场。**（啪啪啪，此处掌声）**

1 **小编：**筱露大人，众所周知，《来自星星的男神探》是一部欢快的小说，书名就让人浮想联翩，请问它与《来自星星的你》有什么关系吗？

筱露：《来自星星的你》是一部欢乐的电视剧，我相信千颂伊与都敏俊的爱情给不少观众带来了欢乐，同样，我也希望《来自星星的男神探》能给大家带来欢乐又浪漫的体验。《来自星星的男神探》讲述了安昕与杜子腾阴差阳错之间产生的爱情，与千颂伊与都敏俊有异曲同工之妙，借用电视剧的名字，也是为了让大家更好地理解两人之间的爱情故事。

2 **小编：**既然筱露大人提到"爱情"，小编我就不得不问一句，你如何理解安昕与杜子滕之间的爱情？你心目中的爱情是什么样子？

筱露：每一种爱情都有不同的姿态，适合自己的就是最好的。安昕与杜

子滕是日久生情的那种。安昕是活在逼婚压力中的"剩女",杜子滕则是面冷心热的人,这种男生在现实中是不讨人喜欢的,但我在等待,你恰好出现了,这就是缘分。我一直觉得缘分是种很奇妙的东西,它将来自天南地北的人联系起来,让两个生活在不同环境里的人相遇、相识,甚至相伴一生,所以我觉得,所有的爱情都是因缘而起。安昕与杜子滕的遇见虽不美好,也不美丽,但一桩桩险象环生的案件将两人紧密联系在一起,最后日久生情,我想,这就是缘分的妙用,也是爱情的本质——我在这里,你恰好出现。至于我心目中的爱情,是没有标准的,我相信一切随缘而来的爱情都是值得守护和珍惜的。

3

小编:筱露大人一向粉丝众多,对于这部《来自星星的男神探》,各路粉丝更是反响强烈,你在创作时有预料到这部书会这么受人欢迎吗?

筱露:哈哈,完全没有想到呢。我写书一向随心所欲,只写自己喜欢的东西,我相信真实的东西自然能打动人心,但《来自星星的男神探》这么受欢迎,我非常意外和惊喜,很感谢支持我的朋友们。

4

小编:筱露大人,你觉得写这本书最难的地方在哪里呢?这本书哪里让你感触最深?

筱露:写作是一件水到渠成的事,你有了题材的体悟,有了对写作的热爱,就会发现写作是一件让人很愉快的事。至于感触最深的地方,我的作品就像我的孩子,有哪个父母只爱孩子的某个地方呢?在父母眼里,孩子的一切都是可爱的,对我而言,《来自星星的男神探》的一切都能让我有所触动。但一千个读者就有一千个哈姆雷特,对读者而言,感触的部分就需要他们自己提炼了。

5

小编： 读过这本书的人都知道，你在每一章后面都留下了一段"脱单指南"，小编读了不禁茅塞顿开。好奇地问，这是你的亲身经验吗？

筱露： 你猜（吐舌头）。对于80后而言，"脱单"是一个热门词，我身边的朋友都曾有过这样的困扰，有些朋友现在也没摆脱这个问题。我结合自己与朋友们的经历，总结出了这些"脱单指南"，同时也是恋爱指南，既是呼应安昕与杜子滕的爱情，也是希望能对大家有所启发，让大家找到心目中的另一半，并将这份美好维护下去。我说了，爱情是因缘而生，但抓住缘分和守护缘分也是需要智慧的，我希望每一个女生都能拥有最美的缘分，每一段恋情都能长长久久。

6

小编： 接下来筱露大人有别的写作计划吗？还会写《来自星星的男神探》这样的题材吗？

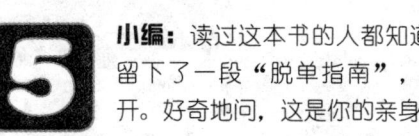

筱露： 我喜欢听从自己的本心行动，有合适的题材会写，如果意犹未尽，我不介意再挑战《来自星星的男神探》的题材。

【小编总结：非常感谢筱露大人接受本次采访，本次采访到此结束。】

对的，你没有看错，这是史上最顶尖、最时髦、最权威的，由有钱就是任性的草莓多大人倾情冠名的，聚集小说界所有奇葩的超人气颁奖典礼！电影界有大金像，音乐界有格莱美，小说界有格莱草莓24K大金杯，哼哼！

星光熠熠红地毯TIME：

主持人： 大家好，我是本届格莱草莓24K金杯颁奖典礼的司仪，你们可以叫我**小草莓**！大家请看，此时向我们走来的是穿着希腊式长裙的小妮子大人！哇，第一次看到本人，简直太美了，女神女神！（画外音：喂，口水擦一擦，鄙视你……）

小妮子： （女神状）大家好，很高兴应草莓多的邀请参加这次颁奖典礼，参加了那么多次颁奖典礼，这次真的是最特别的呢！希望大家玩得开心！

主持人： 小妮子大人请就坐！现在，我们来迎接叶冰伦大人和小七七日晴的到来！这两个人感觉好极端哦，一黑一白，小七扮成小天使果然很适合她的气质呢，叶大人和传说中一样酷啊，穿着一身黑色的朋克装，好帅啊，小草莓要被电晕了！

叶冰伦： 不要迷恋姐，姐是传奇！

七日晴： 其实我们是COS黑白无常来的……嗯哼，开玩笑啦，哈哈！

主持人： 好了，此时走向我们的是"中国好闺密"莎乐美和宅小花，两个人手挽手，感情真的很好的样子呢！

莎乐美： 本来说好要给我配一个帅哥的，怎么是小花妹妹啊！

宅小花： 我也是勉为其难和你走红地毯呢……

主持人： 呃……不要担心，帅哥就要来了！哇，重头戏来了——魅丽超级绯闻男女！一身白色皮草的那个妖孽是谁？还有一身火红超短裙的辣妹……啊，天啊，有钱就是任性的草莓多大人和传说中的猫小白一起携手走上了红毯……呃，怎么感觉怪怪的……

猫小白： （白眼）其实我就是想试试这个皮草……

草莓多： 看在他盛装出席的面子上，本小姐的手就让他牵一下吧！咳咳（脸红），好了，本小姐宣布，首届格莱草莓24K金杯颁奖典礼，正式开始！

超人气颁奖 TIME:

ONE 【最强刷存在感】奖

【入围名单】 洛夜辰（《露星春日之绊》）VS蓝小叶（"非常小姐"系列之《微甜三次方》）

【颁奖嘉宾】 宅小花：拥有面瘫大魔王之称的洛夜辰，和拥有贞子气息的蓝小叶，谁将最终获胜呢？

【获奖者】 洛夜辰

【获奖理由】 外号：终结地球命运、妨碍人类前进、绝对要保持距离的人！
身材高大，无时无刻散发着恐怖的黑暗气息，只用目光就能让人逃跑和跪下奉上钱包。其实……他只是个面瘫加一根筋，不懂得如何正常说话的笨蛋。

TWO 【最顽固地心引力】奖

【入围名单】 莫耶（《露星春日之绊》）VS亚米（"非常小姐"系列之《超优候补生》）

【颁奖嘉宾】 莎乐美：这是最具重量级的奖项，能够入围的选手必须体重超过100千克才行哦！呃，我觉得得到这个奖的人，好像不会很开心呢！

【获奖者】 亚米

【获奖理由】 天生歌喉甜美，千金大小姐，从小被宠坏，长得极胖（走路大地会抖一抖，嗯，请自行想象），后因掉入"刷好感度地狱"瘦身成功。
特技为鉴别事物价值，尤其是对奢侈品，估算价钱只需一眼。

Three ★ 【最具非人类气质】奖

【入围名单】白石宸（"非常小姐"系列之《微甜三次方》）VS 羽生弦（"非常小姐"系列之《超优候补生》）

【颁奖嘉宾】小妮子：拥有超人类运动神经的坏脾气美少年白石宸，和拥有无人能及的超强意志力的"高级品"羽生弦，谁会获得这个非同一般的大奖呢？

【获奖者】羽生弦

【获奖理由】被称为"最高级玩偶娃娃"的美少年，拥有超出人类限度的坚强意志，为达目标可以付出一切，练习跳舞到脚流血都不停止。（画外音：这简直是要冲出地球啊！）

Four ★ 【最奇葩周边】奖

【入围名单】25（"非常小姐"系列之《超优候补生》）VS 薇儿（"非常小姐"系列之《微甜三次方》）

【颁奖嘉宾】叶冰伦：同样是家用陪伴型高级机器人，究竟是丑丑的25，还是外表秀丽的小仙子薇儿能够成功夺得"奇葩"的称号呢？

【获奖者】25

【获奖理由】光听这个名字就够奇葩了，主人对他是有多无所谓啊，居然用数字代替，唉！
智商250的家用陪伴型高能机器人，外形是丑丑的山寨玩偶，属性是欺软怕硬。

Five ★ 【最极端表里不一】奖

【入围名单】羽崎光（"月光双子契"系列之《呆瓜学霸认栽吧》）VS 藤千羽（"非常小姐"系列之《超优候补生》）

【颁奖嘉宾】猫小白：不明白为什么要我来颁这个奖（画外音：你最具这个气质啊），让我们来看看是呆瓜美少年羽崎光获得此封号，还是腹黑贵公子藤千羽呢？

【获奖者】羽崎光

【获奖理由】喂，不要再用专业"读书人"来伪装自己了，美少年！明明一副"正人君子"的模样，为什么喝了碳酸饮料就会变成亲吻狂人？你这个表里不一的家伙，喜欢人家就直说嘛！

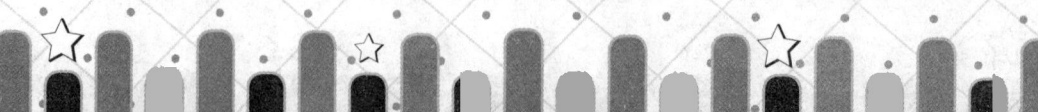

Six

【最强力妖术】奖

【入围名单】伊藤月（"月光双子契"系列之《妖孽少爷认栽吧》）

【颁奖嘉宾】七日晴：呃，是不是有黑幕啊？居然只有一个人入围，伊藤月这个家伙真是霸道啊，是用妖术把评审"潜规则"了吧？

【获奖者】伊藤月

【获奖理由】天上地下，唯月独尊！
这种自恋到没朋友的口号究竟是谁发明的？当然，除了伊藤月那个超级妖孽没有其他人！
一米八五的完美身材，柔顺的头发完美地给他深邃的眼眸添加了几分神秘的色彩，高而挺的鼻梁像是出自艺术家之手，最关键的是，他眼睛里那赤裸裸的妖力简直无人可以抵挡啊！

Seven

【最终极影分身】奖

【入围名单】凌亚薇、戴惜（《不可爱的天使假面》） VS 浅千奈、宫里奈（"月光双子契"系列）

【颁奖嘉宾】草莓多：本小姐终于压轴登场啦！
作为终极大奖，获奖者是组合哦！《不可爱的天使假面》里，女主角凌亚薇和男主角戴惜两个人玩变装游戏玩得不亦乐乎，简直雌雄莫辨！浅千奈和宫里奈这一对长得一模一样、毫无血缘关系的奇葩少女更加过分，居然互换身份，忽悠了所有人！而这个奖项就是来比拼，究竟哪两个人的忽悠天分更加高明！

【获奖者】浅千奈、宫里奈

【获奖理由】这两个家伙，虽然长得一模一样，个性却完全是天壤之别！
"二"到无穷大的"流氓黑带"浅千奈能够在上流社会存活下来，也真是不容易，最后还收服了一个"妖孽"，更是不简单！而宫里奈这个腹黑奇葩千金终于释放了天性，在平民学院玩"女神变女流氓"的戏码也是玩得如鱼得水，就是苦了一众被骗的人呀（抹泪）！

2015年，想知道自己的桃花指数吗?

今天一早就在电梯里收到消息，最近古装戏真是让人应接不暇，年初时候"切胸大戏"、"蒸小笼包"，之后"娘娘大反转"、"后宫立志传"，让公司的各位很不淡定!

市场部同事的手机桌面全都亮着冰冰那张美绝人伦的洗澡图……
美编组办公的电脑屏幕全都卡在那张风华绝代的黄金服饰上……
此时，一阵《无字碑》的音乐铃声响起……
大家都飞速拿起了自己的手机……
保洁阿姨（淡定地接起了电话）：我最近换了个新铃声……
（好想抱着阿姨大腿问一句：阿姨，你的小苹果呢？）

今天，编编我带着史上最谛笑皆非古言宫廷大戏《东宫有美人》来找你啦，想不想和我体验一次穿越到宫廷里的阅读之旅？敢不敢和我玩一场猜猜你的幸福指数的心理游戏？

 回答几个简单的小问题，看你最有可能成为《东宫有美人》中的谁，测试自己2015年的桃花!

她是单纯、迟钝、马大哈的呆萌妹子刘芒；他是腹黑、帅气、聪明的大BOSS连辰。欢喜冤家爱斗气，腹黑男反诱呆萌女，深情回归，步步为营，只为再次把她攻陷!

想不想知道你2015的桃花会不会大爆表? 赶快来参与吧!

1.如果让你回到东宫养宠物，你会选择哪种动物?

小猪——转到2题　小老虎——转到3题

2.回到古代，你希望吃到的是?

冬天的美味烤红薯——转到4　夏天的冰糖豆沙粥——转到5

3.你觉得在王子的东宫中，你会更喜欢穿什么颜色的衣服?

妖娆艳丽路线——转到2　素净清雅路线——转到4

4.你希望你在古代的恋人，会是什么样的?

实力派偶像、打得过老虎、取得了人心的太子——转到6
双重性格、心机深沉的妖孽小师弟——转到5

5.在东宫中，你会比较喜欢哪种出行方式?

自力更生轻功行走，不怕一丈红也不怕狗跳墙——转到6
坐吸引所有人目光的香艳马车——转到C

6.你觉得自己在东宫中会使用哪种武器?

温柔婉约桃花扇——转到A
桀骜不驯太子剑——转到B

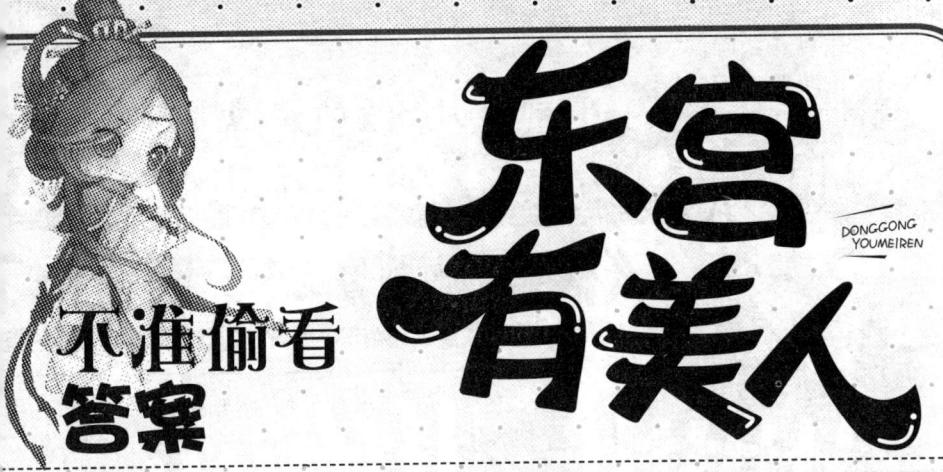

不准偷看答案

东宫有美人

DONGGONG YOUMEIREN

A：恭喜你，成为我们《东宫有美人》的女主角，也是本世纪最可爱的太子妃夜莺！身为最萌的女主，你绝对是萌死人不偿命。恭喜你，将得到最佳宠物"猪坚强"，这只"猪坚强"不仅卖得了萌，打得动人，还憋得了气。你最喜欢会是什么呢？救了个小屁孩，你想到的是……"将'救小包子'的过程夸张地一些，说不定他父亲会赠予我一点金元宝什么的"；睡个回笼觉，居然捡了一路的金元宝……哈哈，所以毫无疑问，你是个单纯快乐的、又可爱又有钱的任性太子妃！

桃花爆表！你本身其实幸福感非常简单的人。2015年，生活中所有的一切都会成为你快乐的源泉，只要你保持一颗积极乐观的心，对一切美好的事物都充满热情，那么，新的一年，幸福就会紧紧地包围着你哦！

桃花指数：★★★★★+★

B：真幸运，你成为了本书中传奇一般的人物，也就是我们有着尊贵地位和非凡大脑的陈国太子夜祈言。你最爱穿飘飘的紫衣，风靡离城万千少女，破得了案，打得过高手，斗得过情敌，战斗指数爆表！所以，就算驯服一只老虎成为宠物也绝对不在话下啊！哈哈，你又有一颗强大的热爱子民的心，毫无疑问就是百姓的衣食父母啦！你风度翩翩，一把扇子完美地衬托了你的各种形象。

虽然自身条件很不错，但你一直显得很有修养，替别人考虑很多很周全。2015年，你将继续以往的风格，努力尽心地去帮助别人，然后你自己也会从中获得满满的桃花，你的桃花是很低调的哦！

桃花指数：★★★

C：太完美了，你成为了本书中我最想成为的那个角色——李九霄（也是帅气十足的师弟二月雪）！不错，他是史上唯一一拥有双重人格却让人同样喜欢到极点的二号男神！论聪明，他绝对不输给男主角，论帅气和能力，也是一等一的高手！别说书中为什么他养的明明是小狼狗，结果这里的答案变成了小鸡，事实是……为了讨好最可爱的女主角啊！他最喜欢看到夜莺帮他喂养成千上万只小鸡、小鸭啊！因为拥有双重人格，所以他时而妖孽，时而冷峻，时而温柔，时而犯傻，是一个会让人极度宠爱的角色！

一直以来你都是个很有牺牲精神的人，特别是对你爱的人，你会愿意为她改变，并且将她的快乐置于你自身的幸福之上。2015年，你的桃花还不错哦，你会继续以各种努力让自己心爱的那个人幸福快乐下去，然后看到最爱的人幸福了，你也就觉得值得了！继续加油吧！为你的幸福"点赞"哦！

桃花指数：★★★★★

哈哈！参与我们问答环节的小伙伴，看到我们的答案，有没有被答案惊呆了？

不论摸古幸福成为我们《东宫有美人》中哪一个角色，幸福感满满的2015年都在等着你哦！幸福在等你，你还在等什么？

这都敢不信，那你的嘴角咧得那么开干什么？

【作者寄语】

端端：我这么好的一个姑娘，卖得了萌，耍得了"二"，扮得了少女，演得了女王，玩得了小清新，咽得了重口味，你们舍得离开我吗？一定舍不得的！"东宫"见，不来的，小皮鞭，蜡烛伺候！

《东宫有美人》作者：端端
定价：24.8

2015年，我们一定要一起继续幸福下去！

潜意识性格大揭秘！

移动阅读基地拥有4亿点击量的玄幻巨

《神控天下》终于要上市了

这本曾经席卷了各大网络榜单的神作为什么能受到大家的热

秘诀之一就是这本书对人物的刻画丝丝入扣，每个人物
有不同的个性，每个读者都能从中找出自己的影子！

我本纯洁 作品

现在就跟小编一起来看看，如果让你从以下的美女中选择一个最喜欢的人物性格，你会选择谁呢？注意，你的选择会暴露你的潜意识性格哦！

A.白雨惜

卑微的出身和悲惨的经历并未让白雨惜变得愤世嫉俗，反而铸就了她那如水一般的温柔性格。她就像是河畔的一朵纯白小花，虽然出身并不高贵，但依旧美得让人心动，温柔得让人生怜。

B.吉贝欣

紫天城城主吉图的孙女，拥有着高贵的出身和富庶的家境，是个典型的"白富美"。美丽的外表、温柔的性格以及富庶的家庭，令她充满了惊人的魅力，让人难以抗拒。

C.冰若水

如果说上天在造人的时候对某人多了几分偏心，那这个人就一定是冰若水。拥有着几乎完美的容颜和绝世身姿的

她简直就像是一件珍贵的艺术品，令人不由自主地去靠近她、珍爱她。

D.云梦琪

哪怕是放在天才辈出的紫天宗，云梦琪也是最出色的那一个，没有之一。她是紫天宗有史以来最杰出的弟子，也是有史以来最美丽、最年轻的的王阶强者。强大的实力和美丽的外表，形成最让人心动的组合，让人无比倾慕。

E.罗轻霜

出身高贵的罗家大小姐，由于高贵的出身以及美丽的外表，让她在无数人的奉承中养成了刁蛮的个性。虽然本质善良，但时不时会爆发出"野蛮女友"的独特气场，这不，才刚出场就用皮鞭给主角来了个"爱的教训"，怎是一个凶字可以形容得了的？

F.微黛儿

和白雨惜一样，微黛儿的出身也很平凡，甚至可以用卑微两个字来形容。但她和白雨惜不同，这个倔强顽强的女孩通过艰苦卓绝的修炼拥有了不凡的实力，甚至成为了一个赫赫有名的佣兵。而在强大实力的支撑下，微黛儿也变得更加高傲和倔强起来，只要是她决定的事情，就很难被其他人的意见所改变，是个极有主见的女孩。

选择A选项的同学们看过来：

如果你是女生……你可能缺少一点女性的温柔特质，不够温柔，所以在心理上会对这样的女性有一种偏爱，非常欣赏这样的女子。

如果你是男生……你可能本身是一个脆弱的非常需要人理解的男孩子，虽然男人给人的感觉是坚强，但同样，责任会让你感到疲惫，所以会相应地比较累而需要温柔的人安抚吧！

选择B选项的同学们来这里：

不论男女，都处于无产阶级状态，在自己构造的世界里设想出一个富有的角色，也是心理上的一种满足吧……如果能够遇到一个俊朗多金的"高富帅"，又或者温柔美丽的"白富美"，那的确是人生一大幸事啊！

这里是C选项的地盘：

爱美之心人人有之。

女生有这个选择，大概是心理上喜欢漂亮东西，或是认为理所应当女主角该漂亮得让所有人倾倒。

男生则应该反省自己对女孩子的评价标准，可能只看外表啊！

D选项的组织在这里：

会选这个选项的人本身对有才华的人有种莫名的仰慕情节，男女生都是重视内在超过外表的人。

有选择E选项的同学：

女生选这个……小小反省自己是不是经常犯娇小姐脾气吧。虽说有的时候女孩子有些小小刁钻古怪是可爱的，可是经常如此，身边的人可就吃不消了！

男生选这个……你要当心啊，小心选出的女朋友是个野蛮女友，到时候吃苦头可不要后悔。

选择F选项的同学来排队了：

毫无疑问，选这个的女孩子对"杂草少女"都是很喜欢或很崇拜的。你可能本身就是这样的女生，也可能你自己恰好缺乏杂草的坚强和坚韧，不过既然会选这一项，代表你很明白应当成为什么样的人、坚持什么样的原则，是很有主见的人哦！

男生选这个……可能是有被溺爱过度的成分在里面，所有人都顺你的意见反而让你更佩服坚持个人主见的女生，对于被宠的你，倔强有主见的女生也不失为一个好的伴侣哦！

怎么样，上面的心理测验还准吗？嘿嘿，小编自己可是已经做过了哦，嗯，觉得还是很靠谱的。至于小编到底最喜欢谁，嘿嘿嘿，欲知后事如何，咱们下期再见！

假如奈奈的新书 有朋友圈

你知道现在大家刷得最多的是什么吗？不是信用卡，不是微博！
没错，就是我们微信朋友圈！
假如奈奈的新书也有朋友圈，那会是怎么一番热闹的场景呢？

《你的微笑，我的心药》

强大的青春治愈能量，悱恻的记忆时光……翻开我，你就翻开了奈奈迄今为止最贴近中学生现实生活的故事！见证一段"别人家小孩"的心酸成长历程！

2月24日 9:00　　　　　删除

顾唯笑，杜心遥，蔺成诺，温泉，魏兰平，纳什，张思佳，学霸，文涛，亲爱的小孩，世上另一个你，致最美的盛夏

奈奈：   2月24日 9:05
撒花！孩子们终于可以出来撒欢啦！

顾唯笑回复奈奈：   2月24日 9:15
奈酱辛苦啦，赶完稿早点儿睡美容觉啊！

蔺成诺回复奈奈：   2月24日 9:20
2012年就把我们构思出来了，现在才完稿，还好意思说？

文涛：   2月24日 9:32
哈哈哈，虽然咱出场比较少，但是每次都能掀起一场腥风血雨，也算没有白活！

张思佳：   2月24日 9:41
酱油党表示围观也很欢乐！

杜心遥：   2月24日 9:45
我就是那个"别人家的小孩"……

蔺成诺回复杜心遥：   2月24日 9:49
以后都有我陪着你，不再让你心酸难过！

纳什：   2月24日 9:53
喂，两位够了啊！秀恩爱死得早！@蔺成诺 @杜心遥

2小时前

温泉回复文涛:　　　　　　　　　　　2月24日 9:56

我锻炼了一个暑假，足够强大到保护我想保护的人了，你以后注意点！

文涛回复温泉:　　　　　　　　　　　2月24日 9:58

不就是因为校花顾唯笑吗？有种单挑啊！

温泉回复文涛:　　　　　　　　　　　2月24日 9:59

单挑就单挑！

蔺成诺:　　　　　　　　　　　　　　2月24日 10:02

时间、地点！@温泉 @文涛

魏兰平:　　　　　　　　　　　　　　2月24日 10:08

喂，楼上三位男同学，下课后来我办公室一趟！

文涛:　　　　　　　　　　　　　　　2月24日 10:12

……

温泉:　　　　　　　　　　　　　　　2月24日 10:13

……

蔺成诺:　　　　　　　　　　　　　　2月24日 10:15

……

2小时前

《亲爱的小孩》

亲爱的小孩，今天有没有哭？是否遗失了心爱的礼物，在风中寻找从清晨到日暮？

亲爱的小孩
我正在听赵薇 / 黄渤 / 佟大为的单曲《亲爱的小孩》，你也……

3月12日 21:00　　　　删除

♡ 苗小禾，林修歌，阿蛮，叶凌凡，桐花巷，夏氏夫妇，你的微笑，我的心药，世上另一个你，致最美的盛夏，晴空2

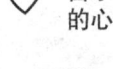

林修歌：　　　　　　　　　　　　　　　3月12日 21:15

亲爱的小孩，今天有没有哭？是否朋友都已经离去，留下了带不走的孤独？漂亮的小孩，今天有没有哭？是否弄脏了美丽的衣服，却找不到别人倾诉？

苗小禾：　　　　　　　　　　　　　　　3月12日 21:15

好听！可是为什么一听就泪流满面？@林修歌

阿蛮：　　　　　　　　　　　　　　　　3月12日 21:23

假惺惺！

林修歌回复阿蛮：　　　　　　　　　　　3月12日 21:26

阿蛮，你不要这样！我会信守承诺，绝对不离开你！

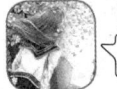

叶凌凡回复苗小禾：　　　　　　　　　　3月12日 21:37

你喜欢听的话，我也可以唱啊！

苗小禾回复叶凌凡：　　　　　　　　　　3月12日 21:45

你唱的不一样……

晴空2：　　　　　　　　　　　　　　　3月12日 21:58

要把眼泪留给我哦！

亲爱的小孩回复晴空2：　　　　　　　　3月12日 22:06

你滚开！

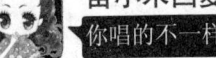

想要看更多 奈奈 新书朋友圈，请见下期广告栏目！欢迎点播！

《吞天决之灌水帝大战吐槽帝》

——玄幻也可以这样玩！

这一年，《吞天决》销量破十万，这一年，秋风扫凉了裤衩，这一年，北域丹轩门迎来了一场前所未有的危机……

轰隆！轰隆……

连绵的山脉中，传来阵阵剧烈的机器轰鸣，大地开始颤抖。在滚滚黑烟中，一台浑身由厚重精钢铸造而成的上古战器出现在了丹轩门山门之下。

"挖……挖掘机！"上古战器现世，一时间震惊整个丹轩门。

"不可能，这世界上怎么会有如此天资之人，竟然能驾驭如此强大的战器？"许多活了无数年的老古董纷纷冒出，对挖掘机的出现咋舌不已。

"那么问题来了，挖掘机技术哪家强？"丹轩门宗主史中山驻足山巅鸟瞰，皱眉询问身旁诸位长老。

诸长老无言以对。上古战器神秘无比，更何况这还是上古战器排行榜上名列前三的挖掘机！如此战器，它的身世又岂能容凡人窥得分毫？

"哈哈哈……学挖掘机技术去哪里，当然得看我吐槽帝！"就在此时，挖掘机的驾驶舱里传来了一连串骄狂的大笑，"我吐槽帝终于学成归来！今日，我就要开着挖掘机，铲平你们丹轩门！"

"吐槽帝驾驭挖掘机来袭，丹轩门遭遇万年来最大的浩劫！谁若能将挖掘机拆了，本座便立他为丹轩门第二任宗主！"就在吐槽帝话落的瞬间，宗主史中山发出了一声大喝。

听闻史中山提出如此奖赏，众强者精神一震，纷纷上前，诸多技能朝那挖掘机不断打出。然而，这些攻击并未能对挖掘机造成丝毫伤害！

挖掘机不断前进，无数山门顷刻摧毁，而丹轩门弟子也节节败退，不消片刻，吐槽帝便已铲去大半山门！

然而，日上三竿时，挖掘机却没有继续前进，远方的风中传来了阵阵菜香。

"太好了，吐槽帝饿了，咱们趁着现在一拥而上，打他个措手不及！"闻着菜香，诸多强者心中大喜，再度组织人马强攻。

可让众强者难以置信的是，当他们冲至挖掘机前，却见……却见这挖掘机竟然自己在炒菜，而且驾驶舱中空无一人！这……这挖掘机现在是自行运行的！

"哈哈哈！凡人们，颤抖吧！我苦学了一百年挖掘机驾驶，勤练了一百年的数控编程，又专攻了一百年的烹饪技术，如今我已经会用电脑控制挖掘机炒菜啦！"挖掘机的大喇叭里，传来了吐槽帝狂妄的声音。

"宗主，该如何是好？"诸强者显然没有料想到吐槽帝竟然在短短三百年内竟习得三门当世绝学，顿时惊恐起来。

"各位莫慌！"就在紧急关头，一个坚定的声音从众人身后传来。

众人回头，却见陈轩不知道什么时候来到了众人身旁，他的身上散发出一股黄色光芒，笼罩了周围所有强者。

众多强者精神立即一振，身上的伤口竟然以肉眼可见的速度愈合！

"大挽尊术！大挽尊术！"

"想不到陈轩闭关数日，竟然学会

了如此无上大法！"

丹轩门弟子惊呼，难以相信陈轩的实力竟然如此强大了。

"哼！还没完呢！"听着众人的羡慕之声，陈轩回以淡淡一笑，随后大手一挥，一道磅礴洪流朝着那挖掘机打了过去。

"这……这是传说中的十五字灌水印！"

"怎么可能？陈轩的灌水印竟然灌得如此娴熟，若是没几千年修行，恐怕也难做到吧？"

"苍天有眼啊，没想到我们丹轩门竟然诞生了一名万年不遇的灌水帝！"看到这一幕后，众强者不禁惊叹。

"灌水帝在此，谁人敢嚣张！"陈轩大喝一声，洪流立即化为万千水军，朝着挖掘机蜂拥而去。

"水军大阵！"所有人都瞪大了眼睛，不敢相信这竟然是真的！

一时间，挖掘机被一大波水军包围，在水军的喷射下，那挖掘机不过片刻竟已土崩瓦解！

"不——"远方一座菊花盛开的

小山峰上，正用电脑远程控制挖掘机的吐槽帝发出了一声绝望怒吼，而在他说话的同时，陈轩也已经锁定了他的位置。

"小尾巴！"陈轩发出一阵咆哮，整个人立即化形为"史前叫兽"，身后巨尾直朝吐槽帝所在的山峰扫了过去！

嘭！

在陈轩的尾巴攻击下，整座山峰顷刻崩塌，吐槽帝还没来得及合上笔记本电脑，就已经被深深埋进了菊花山中……

灌水帝威震四方，麾下水军千千万万，又怎是吐槽帝所能比拟的！

"灌水帝万岁！灌水帝万岁……"

挖掘机之难终得解除，众强者皆朝陈轩顶礼膜拜，高呼之声响彻群山。

此时，宗主史中山上前，朝灌水帝陈轩施以一礼，说道："陈轩，几日不见，你的修为怎么提升得如此迅速？敢问可有诀窍？"

陈轩神秘一笑，从怀中掏出一本失传多年的古籍，严肃地说道："问我功力大增有啥诀窍，一切尽在《吞天决》，新年促销价只要998！998你买不了一块切糕，998你买不了半包辣条，998你买不了一台'肾6'，却能买到让你实力逆天的《吞天决》！《吞天决》系列小说，是你送亲人送朋友的不二选择！"

亲爱的，来一本吧！

互动有奖调查表

姓名： _____ **年龄：** _____ **性别：** _____ **电话：** _____

地址： _____

　　欢迎来到魅丽优品的新书新貌新世界！全新的改版，浪漫、诙谐、有趣，种种不同的新书预告和介绍，以多彩多姿的面貌呈现在你的面前。在未来的一年里，我们将持续且创新地在每本书后推出各种精彩新书专栏和展示不同内容，如果你喜欢我们精心创作的这份随书附赠的小小礼物，就请回复我们来支持我们吧。

♥ 你的最爱

1. 本期新书预告专栏中，你最爱的栏目是？（多选题，请在最喜欢的几个栏目后打√）

新秀街　　　　疯狂游乐场　　　　老友记

2. 本期新书预告专栏中，你最爱的新书是？（请根据你喜欢的栏目内容标明你喜欢的3本新书）

_____

_____

_____

3. 本期新书预告专栏中，你最喜欢的作者按顺序是？（请列举三位）

_____、_____、_____

4. 本期的图和文字，你更喜欢哪一种？（二选一，在选项后打√）

图画排版　　　　文字内容

♥ 线下投票：

填好以上表格，将它寄回魅丽优品的大本营：

湖南省长沙市开福区黄兴北路89号上城金都南栋21楼　魅丽优品 市场部 收

你100%有机会得到我们送出的礼品一份。

♥ 线上投票：

如果不想寄信，你可以登录我们的微博和微信进行投票，也有机会得到我们送出的新书一本哦。快来扫一扫，进行线上投票吧！

魅丽优品微博二维码　　魅丽优品微信二维码　　瞳文社微博二维码　　瞳文社微信二维码